गाय दूध नहीं देती

बल्कि बूंद-बूंद निकालना पड़ता है

प्रमोद बत्रा

हिन्द पॉकेट बुक्स
पेंगुइन रैंडम हाउस इम्प्रिंट

हिन्द पॉकेट बुक्स

यूएसए | कैनेडा | यूके | आयरलैंड | ऑस्ट्रेलिया
न्यू ज़ीलैंड | भारत | साउथ अफ्रीका | चीन | सिंगापुर

हिन्द पॉकेट बुक्स, पेंगुइन रैंडम हाउस ग्रुप ऑफ़ कम्पनीज़ का हिस्सा है,
जिसका पता global.penguinrandomhouse.com पर मिलेगा

पेंगुइन रैंडम हाउस इंडिया प्रा. लि.,
चौथी मंजिल, कैपिटल टावर -1, एम जी रोड,
गुड़गांव 122 002, हरियाणा, भारत

पेंगुइन
रैंडम हाउस
इंडिया

प्रथम हिन्दी संस्करण हिन्द पॉकेट बुक्स द्वारा 2004 में प्रकाशित
यह हिन्दी संस्करण हिन्द पॉकेट बुक्स में पेंगुइन रैंडम हाउस द्वारा 2022 में प्रकाशित

10 9 8 7 6 5 4 3 2

इस पुस्तक में व्यक्त विचार लेखक के अपने हैं, जिनका यथासंभव तथ्यात्मक सत्यापन किया गया है, और इस संबंध में प्रकाशक एवं सहयोगी प्रकाशक किसी भी रूप में उत्तरदायी नहीं हैं।

ISBN 9789353493240

मुद्रकः रेप्रो इंडिया लिमिटेड

www.penguin.co.in

MIX
Paper from responsible sources
FSC® C047271
FSC www.fsc.org

This is a legitimate digitally printed version of the book and therefore might not have certain extra finishing on the cover.

हिन्द पॉकेट बुक्स

गाय दूध नहीं देती

बल्कि बूंद-बूंद निकालना पड़ता है

सुप्रसिद्ध मोटिवेशन गुरु प्रमोद बत्रा व्यक्तित्व विकास एवं व्यवहार-प्रबंधन की पुस्तकों के एक सुपरिचित लेखक हैं। अमेरिका की प्रतिष्ठित यूनिवर्सिटी ऑफ मिनेसोटा से एम.बी.ए. करने के उपरांत वे तैंतीस वर्ष तक भारत के प्रमुख उद्योग समूह 'एस्कॉर्ट्स' से संबद्ध रहे और अनेक उच्च पदों पर आसीन रहे। हिंदी-अंग्रेजी में मानव-व्यवहार से संबंधित उनकी 60 से अधिक पुस्तकें प्रकाशित हो चुकी हैं, जिनकी 10 लाख से अधिक प्रतियाँ बिक चुकी हैं। देश-विदेश में व्यवहार-प्रबंधन पर 1 हजार से अधिक सेमिनारों का आयोजन भी कर चुके हैं।

वे अमेरिका, भारत और जापान में हुए अपने अनुभवों को भारत और विदेशों के प्रबन्धकों में बांटने में प्रयत्नशील हैं।

अनुक्रम

मेरी बात

गाय दूध नहीं देतीं
बल्कि बूंद-बूंद दूध लेने के लिए उन्हें दुहा जाता है!

इसी तरह जीवन में सफलता और सन्तोष पाने के लिए हमें अपने विचारों की फैक्टरी यानी मस्तिष्क में सकारात्मक नज़रिया विकसित करना पड़ता है।

मेरा जन्म अक्टूबर 1936 में सरगोदाह में (अब पाकिस्तान में) अपने दादा के घर पर हुआ। उस वक़्त मेरे पिता लाहौर में रेलवे की नौकरी करते थे। हम पांच भाई-बहनों में मैं सबसे बड़ा हूँ और मेरी मां अकसर इस बात को लेकर चिन्तित रहती थीं कि मेरा सिर मेरे बदन के अनुपात में काफ़ी बड़ा था। दरअसल, हमारे कई रिश्तेदारों ने तो मां से यहां तक कह दिया था कि शायद मेरे सिर में पानी भरा है! और तो और मेरे नाना भी मां को कहा करते थे कि "शान्ति, तुम्हारा यह बेटा रो-धोकर मैट्रिक भी कर ले तो ख़ुद को धन्य समझना!"

मैं जीवन-भर बेहद ख़ुश रहा हूं। मैंने उम्मीद से ज़्यादा अच्छा करके भी दिखाया। मैंने अमेरिका में मिनेसोटा विश्वविद्यालय से एम.बी.ए. किया और मैनेजमेंट पर 50 से भी अधिक पुस्तकें लिखीं जिनकी 6 लाख से ज़्यादा प्रतियां बिक चुकी हैं।

1930 के दशक में मेरी मां मेरे चचेरे-ममेरे भाई-बहनों की तुलना में मुझे बेहतर बनाने के लिए तरह-तरह के उपाय किया करती थीं। ऐसा ही एक उपाय यह था कि वे मुझे गाय का ढेर सारा दूध पीने को देतीं। उन्होंने सुन

रखा था कि भैंस के दूध से लड़के भोंदू बनते हैं। इस तरह मेरे बचपन में गाय का दूध मेरे जीवन का महत्त्वपूर्ण हिस्सा बन चुका था।

6 अगस्त, 1947 को मेरे पिता का तबादला फिरोज़पुर हो गया ज़हां लोको शेड एरिया में हम एक छोटे बंगले में रहने लगे। बंटवारे के समय हमारे तीन रिश्तेदार भी अपने-अपने परिवारों के साथ हमारे यहां रहने लगे। इतने बड़े परिवार की ख़ातिर मेरे पिता ने दो गाय और उन्हें दुहने के लिए एक दूधिया रख लिया। मेरी उम्र उस वक़्त क़रीब ग्यारह साल रही होगी और दूधिए को काम करते देख मुझे बड़ा मज़ा आता था। न जाने क्यूं मेरी मां मुझे अकसर दूध दुहते देखने को प्रेरित करतीं और दूधिया भी कभी-कभार थनों से निकलती दूध की धार को मेरे मुंह में डाल देता। यह अनुभव यक़ीनन, शानदार था। कभी-कभी वह मुझे दूध दुहना भी सिखाता। जब वह दूध दुहता तो लगता कि यह काम एकदम आसान है, लेकिन जब मैंने खुद अपने हाथों से दूध निकालने की कोशिश की, तो मैं जान पाया कि आसान-सा दिखनेवाला वह काम काफ़ी मुश्किल और कसरतवाला था।

कभी-कभी दो-चार बूंदें ही निकलतीं। मैं अगर थोड़ी देर के लिए दूध दुहता तो दिन-भर मेरी उंगलियां दुखा करती थीं। आज भी जब मैं इस घटना को याद करता हूं तो मेरी उंगलियों में उस दर्द की सिहरन दौड़ जाती है!

बरसों बीत गए और एक दिन मैंने तीसरी क्लास में पढ़नेवाली अपनी बेटी की किताब में गाय पर निबन्ध पढ़ा । उसकी शुरुआती लाइन थी – गाय हमें दूध देती है। मैं तब 44 साल का था। यह पढ़कर अचानक मेरे दिमाग़ में विचार आया – गाय हमें दूध नहीं देती! दूध तो बूंद-बूंद दुहा जाता है!

अब तक मैं अपने जीवन का आधे से अधिक सफ़र तय कर चुका हूं और पीछे मुड़कर देखता हूं तो मुझे भी लगता है कि जीवन वास्तव में, सरल नहीं है! और हां, गाय भी हमें दूध नहीं देती है – उसे दुहना होता है, जो एक मुश्किल काम है।

मैं जितना अधिक इस बारे में सोचता हूं, उतना ही ज़्यादा समझदार होता जाता हूं। जीवन क़तई सरल नहीं है। इसे पूरी तरह जीने के लिए हमें अपने मन्त्र गढ़ने ही होंगे ताकि सफलता और ख़ुशियां बटोरी जा सकें।

अपने पूरे कैरियर में मैं बुद्धू क़िस्म का छात्र रहा हूं। यहां तक कि नवीं क्लास में मैं फेल भी हुआ और तब मेरा छोटा भाई भी उसी क्लास में था! लेकिन इस पर मेरे पिता की प्रतिक्रिया थी – के एफ़ पी यानी की फ़रक़ पैंदा और उनके उस नज़रिये ने ही मुझे बदल डाला। इससे मैंने असफलताओं को झेलना सीखा। आप इस विषय पर अधिक जानने के लिए के एफ़ पी बनाम बी एफ़ पी (बहुत फ़रक़ पैंदा) सम्बन्धी अध्याय पढ़ सकते हैं।

नई दिल्ली के श्रीराम कॉलेज ऑफ़ कॉमर्स से बी. कॉम करने के बाद मुझे कोई नौकरी नहीं मिली, लेकिन मैं किसी तरह अमेरिका जाने में क़ामयाब हो गया। मेरे पिता ने मुझे 8,000 रुपये दिए जो उनके एक साल के वेतन के बराबर थे। अमेरिका में मेरा पहला साल चुनौतियों से भरा था मगर डेलकारनेगी की किताब 'हाउ टू स्टॉप वरिंग एंड स्टार्ट लिविंग' ने अमेरका में मेरे पांच साल के प्रवास को मेरे जीवन के अब तक के सबसे अधिक चुनौतीपूर्ण और सीखनेवाले वर्षों में तब्दील कर डाला। मैंने वहां अपने काम की शुरुआत की थी बतौर प्लेट साफ़ करनेवाले के और एक दिन मैं न सिर्फ़ किताबें लिखने लगा बल्कि उनके प्रकाशन और बिक्री का काम भी मैंने खुद ही किया क्योंकि कोई भी मेरी किताबों को छापने में दिलचस्पी नहीं रखता था।

मैं फ्रैंक सिनात्रा के इस बयान से काफ़ी प्रभावित हुआ।

एक दफ़ा एक रिपोर्टर ने उनसे पूछा – "आपने संगीत में कोई औपचारिक प्रशिक्षण नहीं लिया तो फिर आप इतना अच्छा कैसे गा लेते हैं और इस क्षेत्र में सफल भी हैं?" उनका जवाब था, "दरअसल, मैं एक साधारण परिवार का लड़का हूं और अपना जेब ख़र्च निकालने के लिए बार में गाया करता था। मेरे गाने का अन्दाज़ इतना साधारण था कि जो भी मुझे सुनता, वह यही सोचता कि ऐसा तो मैं भी गा सकता हूं!"

इस बात ने मुझे काफ़ी प्रभावित किया है। एस्कोर्ट्स में बिताए अपने 33 वर्षों के दौरान मैंने छोटी-छोटी बातें सीखीं, मसलन, "सुनकर सीखना; सोच-विचार करके समझना।" यह उक्ति मैंने सिंगापुर में एक पोस्टर पर पढ़ी और इसके सन्देश को मैंने पूरी तरह अपने जीवन में उतार लिया है।

मैं इस मामले में सौभाग्यशाली रहा हूं कि एस्कोर्ट्स में मुझे डीलर डेवलपमेंट विभाग में रखा गया। श्री एच. पी. नन्दा ने अपना व्यावसायिक जीवन ट्रैक्टर डीलर के तौर पर ही शुरू किया था और वे डीलरों के महत्त्व को ख़ूब समझते थे। उन्होंने और मेरे बॉस मदन अग्रवाल तथा एस. डी. एस. मोंगिया ने मुझे मैनेजमेंट के अपने गुरुमन्त्रों को डीलरों और उनके परिवारों के साथ बांटने को प्रेरित किया। यह काम मुझे इतना भाता था कि मैं इसके बदले अपनी दाईं आंख निकालकर दे सकता था। शायद यही वजह है कि मेरी दाईं आंख ग्लूकोमा की भेंट चढ़ चुकी है।

एस्कोर्ट्स में भोपाल में तीन वर्ष बतौर रीजनल मैनेजर रहने के अलावा मुझे कभी कोई बिक्रीवाला पद नहीं मिला। लेकिन मैं इस बात से निराश होने की बजाय अपना काम मन लगाकर करता रहा। मैं हर रोज़ लगभग चार घंटे अतिरिक्त काम करता – इस दौरान मैं पढ़ता, सोच-विचार करता, चर्चाएं करता और अपने डीलरों के लिए लिखा-पढ़ी भी करता। हमारी डीलरशिप पारिवारिक व्यवसाय थी। मैं उनमें रुचि लेने लगा और परिवार प्रबन्धन के विषय पर किताबें लिखने लगा।

इस किताब में आपको मैंनेजमेंट के साधारण मन्त्र मिलेंगे जो घर और दफ़्तर, दोनों ही स्थानों पर काम आएंगे। मैंने अपने गुरु मन्त्रों को निखारकर उन्हें बेहद उम्दा दर्जे का बना डाला है। अगर आप मेरे विचारों को अपनाकर अपने विचारों के साथ मिलाएंगे तो आपके हाथ अपने और अपने परिवार के लिए अधिक खुशियां तथा सफलता पाने का नया मन्त्र लगेगा।

मेरी ओर से ढेर सारी शुभकामनाओं सहित,

प्रमोद बत्रा

अगर आप
सितारों तक
पहुँचने को अपना
लक्ष्य बनाकर चलें
और चांद पर पहुंच जाएं, तो भी कहीं तो
पहुंचेंगें। लेकिन यदि आप भीड़ से घिरे हुए
ज़मीन पर ही खड़े रहे, तो कहीं नहीं
पहुंचेंगे।

1. सुखीराम बनाम दुखीराम

अगर आप असफल रहते हैं तो इसका मतलब यह नहीं है कि आप चूक गए हैं। चूकते तो आप तब हैं जब प्रयास करना बन्द करते हैं।

जीवन को या जीवन के किसी भी पहलू को देखने के हमेशा दो नज़रिये होते हैं। पानी का गिलास आधा भरा या आधा ख़ाली हो सकता है और यह इस बात पर निर्भर करता है कि आप उसमें क्या देखते हैं। कुछ लोग क़िस्मतवाले हो सकते हैं कि उनके पैरों तले घास है; लेकिन कुछ ऐसे भी होते हैं जो पड़ोसी के आंगन में उगी घास की हरियाली देखकर कुढ़ते-चिढ़ते हैं। इस तरह हम देखते हैं कि ये सब दिमाग़ के नज़रिये हैं लेकिन जिनमें सफल होने की धुन होती है, वे अपनी ख़ूबियों को देखते हैं और फिर आगे बढ़ने का संकल्प कर सफलता के क्षितिज को छूने की कोशिश करते हैं।

नन्हा बच्चा भी यह समझता है कि चलने के लिए उसे किसी सहारे की ज़रूरत है। आप यदि आनेवाले कल से डरते हैं तो क्षितिज और उसके अनन्त विस्तार को देखें, उसकी अन्तहीनता को महसूस करें और ख़ुद पर भरोसा रखें। अपने-आप से बार-बार कहें – "ऐसा कोई नहीं है जो इस काम को मुझसे बेहतर ढंग से कर सकता है ।" और फिर उस काम को करने की ठान लें। अपने जीवन में आए अवसरों को हाथ से निकलने न दें, बल्कि

उनके बूते सफलता पाएं। हर दिन ख़ुद को महत्त्वपूर्ण समझें, ख़ुद से प्यार करें और अपने अन्तर्मन को टटोलें। और तब आप उस मुकाम पर पहुंच जाएंगे जहां कुछ गिने-चुने ही पहुंच पाते हैं क्योंकि वे छोटे-छोटे फ़िज़ूल के मसलों में खुद को उलझाए नहीं रहते।

आख़िर सफलता है क्या? सच्चाई तो यह है कि यह एक सापेक्ष शब्द है। मोटे तौर पर, सफल व्यक्ति वह है जो अपने-आप से सन्तुष्ट है और हंसी-खुशी जीवन बिताता है, जीवन में पेश आनेवाली परिस्थितियों पर सकारात्मक रुख रखता है, न कि असहाय व्यक्ति की तरह व्यवहार करता है। और अपनी मृत्यु के बाद भी वह दूसरों के लिए उदाहरण बन जाता है। सफल वह व्यक्ति है, जो अपनी शिक्षा, परिवार, दोस्तों, धन-दौलत वगैरह के रूप में मिले अपने मज़बूत पक्ष के महत्त्व को समझता है और ख़ुद को तथा अपने आसपास के लोगों को भौतिक एवं आध्यात्मिक दृष्टि से बेहतर जीवन देता है। ऐसा किस प्रकार किया जा सकता है? इसके दो उपाय नहीं हैं। यह तो सिर्फ़ कड़ी मेहनत और लगन से ही सम्भव है। मिस वर्ल्ड बनने के बाद ऐश्वर्या रॉय गुमनाम जीवन जी सकती थी लेकिन उन्होंने अपनी छिपी प्रतिभा को टटोला और उसके बूते पर आज वह बॉलीवुड की सफलतम अभिनेत्रियों में से एक हैं। उन्होंने यह सफलता कुदरत से मिले केवल सौन्दर्य के सहारे ही नहीं हासिल की बल्कि लगातार मेहनत कर इस मंज़िल को पाया है।

मैं इस किताब में बार-बार यह दोहराता रहूंगा कि गाय ख़ुद-ब-खुद दूध नहीं देती बल्कि बूंद-बूंद दूध लेने के लिए उसे दुहा जाता है। सच्चाई तो यह है कि किसी के लिए भी स्वर्ग बांह फैलाए इन्तज़ार नहीं करता। आपको अपना स्वर्ग ख़ुद ही बनाना पड़ता है। यहां तक कि अगर आपका जन्म किसी अमीर घराने में हुआ है जहां भौतिक पदार्थों के लिए आपको कोई संघर्ष नहीं करना पड़ता तो भी आप तब तक सफल नहीं कहलाए जा सकते जब तक कि आप ख़ुद अपने बूते पर कुछ हासिल कर अपनी विरासत में इज़ाफ़ा नहीं करते।

सफल व्यक्ति वही है जो अच्छा सेल्समैन है। आप जीवन में जो भी

करते हैं, चाहे कोई नौकरी या फिर अपना व्यापार, आपको हर जगह ख़ुद को बेचना होता है – अपनी आत्मा बेचे बग़ैर। हो सकता है कि आप कोई सेवा बेचते हों या फिर उत्पाद। चाहे कोई टाइपिस्ट है, चपरासी, लेखक, डॉक्टर या फिर इंजीनियर अथवा डिज़ाइनर – हर कोई कुछ-न-कुछ बेच रहा है – ये सब उन सेवाओं की बिक्री कर रहे होते हैं जिसका कौशल इनके पास है। जब आप अपने दम-खम पर कुछ करने चलते हैं तो आप व्यापारी कहलाते हैं। आप अपने माल को जितनी अच्छी तरह से बेच पाएंगे, उतनी ही सफलता आपको मिलेगी।

यह किताब एक गाइड की तरह है, रोज़मर्रा की ज़िन्दगी से लिए गए उदाहरणों से भरपूर। मेरे ख़याल से वही व्यक्ति व्यापारी कहलाता है जो अपने जीवन को सफल बनाना चाहता है। यानी उसकी समस्याएं और वह उनसे किस तरह निबटता है, यह हर किसी की परेशानी बन जाती है। इसका मतलब यह हुआ कि एक व्यापारी की जीवन-यात्रा विषयों का दोहराव है। मैं पारिवारिक सम्बन्धों और घरेलू वातावरण के महत्त्व को भी समझता हूं क्योंकि यहीं से उस यात्रा की शुरुआत होती है।

मुक्त विश्व व्यवस्था में आज लगभग 80 प्रतिशत व्यापारिक गतिविधियों को परिवार ही चला रहे हैं। अगर आप पारिवारिक व्यवसाय चलाते हैं या चलाना चाहते हैं और आपकी इच्छा उसे परिवार के सदस्यों को सौंपने की है तो यक़ीनन आपकी संगत अच्छी है। दुनिया के कुछ सफलतम व्यवसाय परिवारों द्वारा ही चलाए जा रहे हैं। अपने देश में भी टाटा, बिरला, अम्बानी जैसे बड़े-बड़े तथा छोटे स्तर पर मगर महत्त्वपूर्ण हज़ारों-हज़ार व्यवसायी महिला-पुरुष हैं, जो किसी प्रेरणा से कम नहीं हैं।

शुरुआत करने के लिए आपके पास कुछ इच्छाएं और लक्ष्य होने चाहिए। कुछ व्यवसायी बड़े व्यापार स्थापित करने के अरमान रखते हैं जबकि कुछ यहां-वहां छितराकर बाज़ार के उतार-चढ़ाव को झेलने की कोशिश करते हैं, जबकि कुछ ऐसे भी होते हैं जो जैसे हैं उसी से सन्तुष्ट रहते हैं – धीरे-धीरे, आराम से

व्यापारी वह व्यक्ति है जो अपने जीवन को सफल बनाना चाहता है।

अपनी ही गति से आगे बढ़ते हुए। अधिकांश अपनी कार्य-कुशलता बढ़ाने और विकास करने के लिए कर्मचारी तथा मैनेजर रखते हैं।

दूसरे शब्दों में कहा जा सकता है कि हर पारिवारिक व्यवसाय भले ही कितना भी छोटा क्यों न हो वह एक छोटे कारपोरेट घराने की तरह काम करता है जिसका मालिक कम्पनी का सी.ई.ओ. यानी मुख्य कार्यकारी अधिकारी होता है। कहने का मतलब यह हुआ कि उन्हें भी बड़े व्यवसायों की ही तरह की चुनौतियों को झेलना पड़ता है मगर जोख़िम अधिक होते हैं क्योंकि एक अकेले व्यक्ति के पास (और उसके परिवार के पास) बड़े सार्वजनिक उद्यम की तरह सुरक्षा कवच नहीं होता। इसी के चलते उसे कड़ी मेहनत करनी पड़ती डे जिसके कारण वह परिवार और अपने मामलों पर कम ध्यान दे पाता है।

इसीलिए जो व्यक्ति किसी व्यापार को शुरू करने और चलाने के लिए अपना दिल और आत्मा निछावर करता है ताकि उसके परिवार को सुकून मिल सके, वह उन लोगों के साथ ही समय नहीं गुज़ार पाता जिनके लिए इतनी कड़ी मेहनत करता है। आख़िरकार वह इतने ढेर सारे तनाव और दबाव अपने लिए जुटा लेता है कि बढ़ते-बढ़ते वे एक दिन उसके क़ाबू से ही बाहर हो जाते हैं।

यहां तक कि दूसरी पीढ़ी के व्यवसायी (जिन्हें अपने माता-पिता से व्यवसाय विरासत में मिला) को भी यही परेशानियां पेश आती हैं। बच्चे उस दौर में पले-बढ़े जो व्यवसायी के सबसे अधिक मेहनतकश दिन थे और उन हालातों में या तो वे उपेक्षित रहे अथवा व्यवसायी अभिभावक के अपराध-बोध के चलते ज़रूरत से ज़्यादा लाड़-प्यार में पले। हम सभी आए दिन उन बच्चों के बारे में सुनते हैं जो शराब के नशे में धुत्त होकर अपनी मारूति-मर्सिडीज़ दौड़ाते हैं, यहां तक कि मौज़-मस्ती के लिए चोरी भी करते हैं। भले ही उन्हें रुपये-पैसे की ज़रूरत नहीं होती। हम उन्हें 'बड़े बाप के बिगड़े बच्चे' कहते हैं और उनसे नफ़रत करते हैं या फिर उनकी चौपट ज़िन्दगी को देखकर उन पर तरस खाते हैं।

यह स्थिति बड़ी आभार है और दुनिया-भर में देखी जा सकती है – यह सिर्फ़ भारत तक ही सीमित नहीं है। अन्तर शायद सिर्फ़ इतना ही है कि अमेरिका जैसे देशों में ज़्यादा-से-ज़्यादा लोग इस बारे में जागरूक हो रहे हैं ताकि कम-से-कम परिवार बर्बादी का मुंह देखें।

इस गफ़लत से बाहर निकलना काफ़ी मुश्किल है मगर असम्भव नहीं है। एक बार पूरी तस्वीर साफ़ हो जाने पर हल निकालना आसान हो जाता हैं पारिवारिक व्यवसाय में मूल चिन्ता का विषय होते हैं – लोग। और उन्हें संचालित करते हैं उनके आपसी रिश्ते मसलन – मां, बाप, बेटा, बेटी, ससुरालवाले, भाई, बहन वगैरह। ज़्यादातर परिवारों में इन सम्बन्धों को निभाना परेशानी का सबब हो सकता है, मगर व्यापार में तो ये परेशानियां ले डूबती हैं।

दरअसल, एक व्यावसायिक परिवार को दूसरे किसी भी परिवार के मुक़ाबले आपस में कहीं अधिक नरमी बरतने की ज़रूरत होती है।

इन दिनों यूं भी सम्बन्ध बेहद जटिल हो गए हैं। बदलते मूल्य, बेहतर शिक्षा, बढ़ती जानकारी, 'जेंडर' बराबरी और इन सबसे उत्पन्न भ्रम की स्थिति ने रिश्तों की जटिलताओं को और बढ़ा दिया है। इन सभी के बीच सन्तुलन बनाए रखना आसान नहीं है। कुछ लोग इसमें सफल रहते हैं तो कुछ नहीं भी रहते। लेकिन यह जानना सभी के लिए ज़रूरी है कि इस खेल को कैसे खेला जाता है और कैसे हर मोर्चे पर विजेता बना जा सकता है।

मुझे उम्मीद है कि वर्षों से अपने ख़ुद के व्यवसाय को चलाते हुए तथा दूसरों से मैंने जो कुछ भी सीखा है, वह आपके लिए भी उपयोगी होगा।

किसी भी पारिवारिक व्यवसाय को चलाते वक़्त तथा एक पीढ़ी से दूसरी को व्यापार की कमान हंसी-ख़ुशी सौंपते हुए दो बातों का हमेशा ध्यान रखें। ये दोनों ही ज़रूरी हैं और आप इनमें से किसी एक के भी साथ समझौता नहीं कर सकते। पहला है प्यार – यानी परिवार के भीतर आदर, विश्वास, उम्मीद, सहारा और आपसी समझबूझ। दूसरा है ईश्वर या भाग्य पर अटल भरोसा तथा अपने विचारों और कर्मों के प्रति पूरी तरह ज़िम्मेदार

रहना। पहली के बग़ैर हम लालच, असुरक्षा और लड़ाई-झगड़ों में फंस जाएंगे, जबकि दूसरी की उपेक्षा करने पर हम धन के खोख़ले और निरर्थक संग्रह में जुटे रहेंगे तथा तमाम मानव-मूल्यों का अपमान करेंगे। मैंने यह जाना है कि ये गुण (प्यार और विश्वास) अकसर मां से ही सीखे और ग्रहण किए जाते हैं।

अब सुखीराम और दुखीराम का क़िस्सा ही लें। सुखीराम सकारात्मक सोच रखता है और हर मुसीबत से बाहर आने का रास्ता खोज लेता है जबकि दुखीसम अतीत के दुख-दर्द ही लपेटे रखता है, बार-बार ग़लतियां दोहराता है और आख़िरकार धककर हार मान लेता है। अब आप ख़ुद ही तय करें कि आप क्या बनना चाहेंगे – सुखीराम या दुखीराम? ज़ाहिर है कि आप पहला विकल्प चुनना चाहेंगे। तो आइए देखते हैं कि दोनों में क्या फ़र्क़ है।

छलांग लगाने से पहले सोचें

सबसे पहले तो हंसमुख उद्यमी बनने और अपने परिवार, दोस्तों तथा क़रीबी लोगों को ख़ुश रखने का फ़ैसला करें। दूसरे शब्दों में, यह फ़ैसला करें कि आप सफल होंगे। न सिर्फ़ ढेर सारा रुपया कमाने में बल्कि अपने-आप को और अपने परिवार को सच्चे मायनों में खुश रखने में। ऐसा करने के बाद आपका अगला क़दम यह होना चाहिए कि आप ख़ुद से पूछें कि, "मैं ऐसा कैसे कर सकता हूं या कर सकती हूं?" यह ठीक है कि हरेक की परेशानियां और लक्ष्य अलग-अलग होंगे, लेकिन कुछ बुनियादी लक्ष्य और समस्याएं ऐसे होते हैं जो हम सभी का एक समान होते हैं। एक बार इन पर ग़ौर करने के बाद आप उन ख़ास क्षेत्रों पर ध्यान देने की भी ऊर्जा, समय और बुद्धिमानी को हासिल कर सकेंगे जिन्हें आपकी ज़रूरत है।

आइए पहली पीढ़ी के व्यवसायी यानी आप से ही शुरू करें। आप दुनिया के उन गिने-चुने लोगों में से हैं जो ख़ाक़ में से भी कुछ-न-कुछ निकाल लाने की क़ाबिलीयत रखते हैं। आपने एक जोख़िम-भरी यात्रा की शुरुआत

कर डाली है जिस पर हर तरह के ख़तरे हैं और आपको जीवनदान देने के लिए कोई भी आपके आस-पास नहीं है। आपको पूरा भरोसा है कि आप स्थिति को संभाल लेंगे क्योंकि आपको यह मालूम ही नहीं है कि रास्ते में आगे कितने बड़े जोख़िम खड़े हैं। आप उस भौरे की तरह हैं, जो हवा के साथ उड़ने में असमर्थ होता है, लेकिन इधर-उधर मंडराता फिरता है। इसी तरह आप भी खड़े हो रहे हैं और अपने डैने फैला रहे हैं।

अपने शुरुआती दौर में आपको विपरीत माहौल में ख़ुद को बचाए रखने के लिए संघर्ष करना होगा, अपने लिए जगह बनानी पड़ेगी, खुद को कुछ और तराशना होगा तथा थोड़ा और संघर्ष करना पड़ेगा। इस चरण में आप एक बड़ा ख़्वाब देखने के बाद उसे सच करने में जुटे होते हैं, आपके पास विश्वास और ढेर सारी उम्मीदें होती हैं। आपको असीमित हौंसले और धैर्य की ज़रूरत होती है, लेकिन आपको यह नहीं भूलना चाहिए कि दुनिया के किसी भी संस्थान में सभी सफल लोगों में यही गुण होते हैं। ऐसा कर आपने सही शुरुआत की होती है, भले ही आपके दोस्त, परिवार और सहयोगी कुछ भी कहते रहें। आपकी बुनियाद एक विजेतावाली होती है। यानी आप सुखीराम की तरह शुरुआत करते हैं।

एक लम्बी यात्रा की शुरूआत

जिस दौरान आप उपलब्ध संसाधनों से अपने व्यापार का ढांचा तैयार कर रहे होते हैं, वही दौर सबसे अधिक रचनात्मकता, एकाएक घटी घटनाओं और आकस्मिक फ़ैसलों का भी होता है। आप 25 से 30 बरस के हो सकते हैं और आपका एक इतिहास होता है। आपकी शिक्षा, अपने मां-बाप और माहौल से ग्रहण किए संस्कार, आपका तकनीकी ज्ञान या कौशल जो आपने यूं ही सीख लिया था या किसी संस्थान से प्राप्त किया था तथा जो रुपया-पैसा आपने थोड़ी-बहुत अथवा काफ़ी परेशानियों से पाया था – यही सब आपका आधार होते हैं। आपके आसपास जो भी होता है – इन्सान, सामग्री या दौलत रूपी संसाधन उसी से आपको अपने व्यापार की बुनियाद तैयार करनी होती है कभी-कभी ये संसाधन काफ़ी नहीं होते या फिर कोई ख़ास महत्त्व के नहीं होते।

ऐसे में सुखीराम क्या करता है? वह कहता है, "मेरे पास यही है और इससे ही मुझे काम चलाना है!" लेकिन दुखीराम ऐसे हालात में घबराकर बीच में ही काम छोड़ जाता है।

तमाम शुरुआती असफलताएं नए व्यवसायी द्वारा अपनाए गए अनाड़ी तौर-तरीक़ों के कारण मिलती हैं। अगर आप सुखीराम नहीं हैं तो बहुत जल्द तमाम दबाव और तनाव बेक़ाबू हो जाएंगे। ज़्यादातर सफल व्यापारियों ने इसी तरह शुरुआत की थी, और वे काफ़ी लम्बे समय तक जूझते रहे, मगर समृद्धि की डगर पर बढ़ते रहे और तमाम मुश्किलों के बावजूद आगे बढ़ने में क़ामयाब रहे। ऐसा कैसे मुमकिन हुआ?

सफल उद्यमी वही है जिसका ध्यान एक लक्ष्य पर केन्द्रित होता है और वह लक्ष्य उसकी नज़रों से कभी ओझल नहीं होता।

सबसे पहले तो यही कि सफल व्यवसायी के सामने एक उद्देश्य होता है जिस पर से उसकी निगाह कभी नहीं हटती। वह फ़िल्मों के हीरो की तरह होता है – अमिताभ बच्चन (या रैम्बो) की तरह जो अकेले अपने ही दम पर सारे गुंडों को मार गिराता है। इस बीच, वह अपनी प्रेमिका का दिल जीतने में भी क़ामयाब हो जाता है। क्या यह कपोल-कल्पना भर है? अगर आप असली ज़िन्दगी में सफल व्यापारों पर नज़र डालेंगे तो आपको असली हीरो दिखाई देंगे जिनके पास शुरुआत में कुछ भी नहीं था, मगर उन्होंने ऐसा साम्राज्य खड़ा किया जो दूसरों की ईर्ष्या का कारण तक बना। दुर्भाग्यवश आपको यह भी देखने को मिल सकता है कि असल ज़िन्दगी के इस नायक के पोते को जब सब बना-बनाया मिला तो उसने उसे बर्बाद करने में कोई कसर नहीं छोड़ी । हो सकता है, आप यह भी देखें कि अपने बड़े परिवार के तमाम सदस्यों की कड़वाहटों से परेशान होते-होते नायक तो एक दिन हार्ट-अटैक का मरीज़ बनकर अस्पताल के आई.सी.यू. में भर्ती था और उसके परिवार के लोग बाहर विज़िटर्स रूम में ही आपस में लड़-झगड़ रहे थे।

नई पीढ़ी के व्यवसायी होने के नाते आप क़सम उठा सकते हैं कि आप

ऐसा कभी नहीं होने देंगे। लेकिन इतनी बड़ी कसम उठाने से पहले आपको यह ज़रूर जानना चाहिए कि आपको शुरू से ही क्या उपाय करने चाहिए।

आपको यह जानने की ज़रूरत है कि किसी भी व्यापार में परिवार को कैसे उपयोगी बनाया जा सकता है, ताकि परिवार के सदस्यों को यह पता हो कि उन्हें आपस में कैसे पेश आना है, कैसे परिवार के मुखिया के साथ व्यवहार करना है और कैसे हरेक सदस्य आगे बढ़ सकता है। इस मामले में पहली तथा सबसे महत्त्वपूर्ण बात है पारिवारिक संस्कृति की। इस संस्कृति के भीतर ही, भले ही यह आपको विरासत में मिली हो या व्यापार मालिक ने ख़ुद इसका निर्माण किया हो। आप अपने व्यापार की निरन्तरता, उसके मुख्य उद्देश्यों और मूल्यों से सम्बन्धित सपने बुनेंगे। इस सबमें एक सहयोगी जीवनसाथी की भूमिका काफ़ी अहम है।

आपका जीवनसाथी – हर बात में आपका साथी

जब आप अपने सपनों के व्यापार में अपना सब-कुछ झोंकने या मांगकर अथवा उधार लेकर जुटाने की योजना बना रहे होते हैं तो उस एक व्यक्ति के बारे में सोचें जो आपके शेष जीवन में आपका पूरा साथ देगा – यानी आपका जीवनसाथी जो आपके बच्चों के लालन-पालन में बराबर का हिस्सेदार होगा। जब आप अपना व्यावसायिक साम्राज्य खड़ा करने की तैयारी में जुटे होते हैं तो आपका यह जीवनसाथी ही उसका राजा या रानी होता है और बच्चे सिंहासन के उत्तराधिकारी होते हैं। लेकिन दुख की बात यह है कि ज़्यादातर पुरुष अपनी पत्नियों को अपनी व्यावसायिक योजना का महत्त्वपूर्ण पहलू नहीं मानते (यहां तक कि वे भी जो पत्नियों को बेहद प्यार करते हैं) और यही सोचते हैं कि उनकी भूमिका घरेलू मोर्चे की सोच-संभाल तक ही सिमटी है। किसी भी व्यापारिक की यह पहली और अकसर भयंकर भूल होती है। इसके उलट आधुनिक पीढ़ी की व्यावसायिक महिलाएं अकसर अपने पतियों का साथ और सहयोग लेकर चलती हैं।

आपका जीवनसाथी आपका सबसे बड़ा चैम्पियन या हितैषी है। वही आपका साथी और सहयोगी है। उसे विश्वास में लेने से (भले ही आप यह

सोचते हों कि व्यापार की बातों में उसकी कोई दिलचस्पी नहीं है) आपके पास न सिर्फ़ एक निष्ठावान दोस्त होगा जिसके साथ आप अपनी हर बात बांट सकते हैं बल्कि साथ ही किसी 'बाहरी' व्यक्ति के नज़रिये से देखें तो भी आपको लाभ होगा। साथ ही, अपनी पत्नी को हर बात की जानकारी देकर आप एक ही तीर से दो निशाने साधते हैं। वही तो है जो आपके बच्चों की परवरिश करती है, उन्हें आपको और आपके सपनों को समझने लायक बनाती है तथा जीवन में आनेवाली ज़िम्मेदारियों का बोझ उठाने की क़ाबिलीयत उन्हें देती है। इस तरह अपने जीवनसाथी को अपना सच्चा सहयोगी मानकर चलने से आप ख़ुद अपने आस-पासवालों का भला ही करेंगे।

आपका जीवनसाथी आपके काम में रुचि लेना शुरू कर सकता है, जीत के मौक़ों पर आपके साथ हंस सकता है और मुश्किल घड़ियों में आपको तसल्ली भी देता है। जब आप बेहद व्यस्त होंगे तो आपके प्रति कड़वाहटों या झल्लाहटों से भरने की बजाय वह आपकी स्थिति को समझेगा और समय-समय पर आपको वह 'स्पेस' भी देगा जिसकी आपको ज़रूरत है। लेकिन इसके उलट उस जीवनसाथी को रूठने का पूरा हक़ है जिसे आपके हालात की कोई जानकारी ही नहीं है।

हो सकता है कि आपके जीवनसाथी में बिज़नेस की स्वाभाविक समझ पहले से हो। ऐसी स्थिति में जीवनसाथी सक्रिय भागीदार बनकर आपके बिज़नेस को सही दिशा में बढ़ाने में मददगार साबित हो सकते हैं। कुल मिलाकर यह कहा जा सकता है कि आपका जीवनसाथी जीवन-भर का साथी होता है।

याद रखें कि सुखीराम शुरू से ही अपनी पत्नी को हर बात की जानकारी देता है, उससे सलाह-मशविरा करता है जबकि दुखीराम उसकी उपेक्षा करता है।

आपके वारिस – अगली पीढ़ी

एक और ग़लती जो बिज़नेसमैन करते हैं, वह यह कि वे अपने बच्चों को

भूल जाते हैं। जब आपका जीवनसाथी बच्चों की अच्छी तरह देखरेख कर रहा होता है तब भी उनकी उपेक्षा कर आप उनके, अपने और अपने बिज़नेस के भविष्य के साथ अन्याय ही करेंगे। अच्छी तरह बढ़ने के लिए उन्हें मां-बाप दोनों के प्यार, सहारे और अनुशासन की ज़रूरत होती है। आप ख़ुद ही उन टूटे-बिखरे परिवारों को देखें जिनमें पति-पत्नी का तलाक़ हो चुका होता है वहां बहुत कम उम्र में ही बच्चों पर दुखों या बाल-अपराधों की छाया मंडराने लगती है।

अगर आप तलाक़शुदा नहीं हैं तो आप सोच सकते हैं कि भला आपके साथ ऐसा क्यों होगा। बड़ी आसान बात है! अगर आप ऐसे बिज़नेसमैन हैं जिसके पास बच्चों के लिए टाइम नहीं है तो आप 'नदारद' मां या बाप ही कहलाएंगे जिसे बच्चे कभी-कभार छुट्टी में या फिर काम से थके-मांदे लौटनेवाले पेरेंट के रूप में देखते हैं जिसे डिस्टर्ब नहीं करना है। अगर आज आपके पास बच्चों के लिए टाइम नहीं है तो जब वे बड़े होंगे तब उनके पास आपके लिए समय नहीं होगा । यही कारण है कि कितने ही बच्चे बड़े होकर विद्रोही स्वभाव के बनते हैं और फ़ैमिली बिज़नेस से कोई नाता नहीं रखना चाहते। उनके लिए बिज़नेस उस सौतेले की तरह होता है जिसे उनके पेरेंट ने अपना सारा समय दिया होता है। यानी देखा जाए तो व्यावहारिक रूप में आप एक तलाक़शुदा पार्टनर की तरह ही तो जी रहे होते हैं।

बच्चों और बड़ों को चोट पहुंचाना एक ही जैसा नहीं है, बड़े जहां ख़ुद को चोट पहुंचने पर पलटकर वार कर सकते है वहीं बच्चे ऐसा नहीं कर सकते।

प्यार जताने के कई तरीक़े होते हैं, मगर सबसे महत्त्वपूर्ण होता है पास रहना। पेरेंट्स को अपने बच्चों का बेस्ट फ्रेंड बनना चाहिए। यह सच है कि पेरेंट्स ही अपने बच्चों को सबसे ज़्यादा प्यार करनेवाले होते हैं। और यह भी सच है कि वे ही उन्हें सबसे ज़्यादा तकलीफ़ भी पहुंचाते हैं। और अकसर ऐसा तब होता है जब बच्चों के प्रति उनकी भावना बहुत अच्छी होती है। बच्चों को ठेस पहुंचाना बड़ों को ठेस पहुंचाने जैसा नहीं होता,

क्योंकि बड़े तो पलटकर वार कर सकते हैं, मगर बच्चे ऐसा कभी नहीं कर सकते। अगर आप अपनी पत्नी को तकलीफ़ पहुंचाएंगे तो वह अपने मां-बाप से या सहेलियों से इस बारे में बातचीत कर सब्र कर सकती है, लेकिन ज़रा सोचें कि बच्चे अपना दुख किससे कहेंगे? जब पेरेंट्स बच्चों को ठेस पहुंचाते हैं तो बच्चे बेशक रो लें, लेकिन वे अपनी चोट को बरसों तक सीने में दबाए रख सकते हैं। उनका दर्द कम नहीं होता।

जब आप बच्चों की उपेक्षा करेंगे तो वे अपनी ओर ध्यान खींचने के लिए ग़लत व्यवहार या शैतानी करेंगे। यानी वे कहना चाहते हैं कि, "अगर आप मुझे चूम नहीं सकते तो मारिए!" दूसरे शब्दों में कहा जा सकता है कि वे आपसे जुड़ना चाहते हैं, फिर चाहे इसके लिए उन्हें जो भी करना पड़े।

इसलिए अपने समय प्रबन्धन में बच्चों के साथ क्वालिटी टाइम गुज़ारने को ज़रूर शामिल करें। यह ऐसा निवेश है जो आपको अच्छा रिटर्न देगा।

अपने बच्चों के साथ गुज़ारे समय को भी वही महत्त्व दें जो आप अपने सबसे महत्त्वपूर्ण ग्राहक को देना पसन्द करेंगे।

सुखीराम अपने बच्चों को सबसे महत्त्वपूर्ण मानता है । वह जानता है कि बेशक जीवन में वह कितनी भी दौलत क्यों न जुटा ले, लेकिन अगर उसके बच्चे हाथ से निकल गए तो वह राख हो जाएगी। वह अपने बच्चों की इज़्ज़त करता है और उन्हें लेकर सच्ची चिन्ता भी। वह उन्हें सहारा देता है और उनकी सुरक्षा करता है तथा उन्हें बिना किसी शर्त के प्यार भी करता है। वह हर अच्छे पिता की तरह उन्हें जताता है कि डैड हमेशा उनके साथ हैं, भले हीं कुछ भी क्यों न हो जाए।

आपने शायद वेद मेहता के बारे में सुना होगा। वे लेखक थे और जन्म से अन्धे थे। वेद के पिता उनकी इस शारीरिक कमी के कारण यह चाहते थे कि जीवन में उन्हें अच्छे से अच्छा अवसर ज़रूर मिले। अपनी आत्मकथा में वेद ने लिखा

अपने समय प्रबन्धन में बच्चों के साथ बेहतरीन समय गुज़ारने को भी एक तरह का निवेश ही समझें। यह ऐसा निवेश है जो आपको सर्वश्रेष्ठ रिटर्न देगा।

है कि उन्होंने अपने पिता को एक बार उनकी मां से कहते हुए सुना, "मैं अपने बेटे को बेहतरीन शिक्षा देने के लिए अपनी आत्मा तक को बेच दूंगा।" पिता के प्यार और देखभाल ने वेद को जीवन में अच्छा प्रदर्शन करने के लिए प्रेरित किया। उन्होंने ऑक्सफ़ोर्ड विश्वविद्यालय से अंग्रेजी साहित्य में पी.एच.डी. की डिग्री ली और कई किताबें लिखीं। वेद के पिता उसके साथ काफ़ी समय बिताते थे, पढ़ाई में मदद करते थे और यहां तक कि घर के हर मसले पर उससे सलाह भी करते थे। उन्होंने अपने बेटे को परिवार का महत्त्वपूर्ण सदस्य मानते हुए हमेशा इज़्ज़त दी। इसी का नतीज़ा था कि वेद एक सफल इंसान बना क्योंकि उसके पिता हमेशा उसके साथ थे।

दूसरी ओर दुखीराम के पास कभी भी अपने बच्चों के लिए समय नहीं होता। वह चाहता है कि वे उसकी प्रॉब्लम समझें और उसे अकेला छोड़ दें। उसे छोटी-छोटी बेवकूफाना बातों के लिए 'परेशान' नहीं किया जाना चाहिए क्योंकि उसे कई महत्त्वपूर्ण काम करने होते हैं।

सुखीराम यह समझता है, जबकि दुसरे नहीं समझते

सफल व्यवसायी बनने के कुछ नुस्ख़ों को जानने-समझने के बाद आइए उनकी लिस्ट तैयार करें। वह हिम्मती, दूरदृष्टि रखनेवाला, मेहनती, रचनात्मक, प्रतिभाशाली होने के साथ-साथ अपने परिवार की देखभाल करनेवाला होता है। लेकिन ऐसे होशियार और केयरिंग लोग भी होते हैं जो बिज़नेस की शुरुआत तो करते हैं मगर फिर असफल रहते हैं। यानी सफल बिज़नेसमैन बनने के कुछ और गुण भी होते हैं जिनकी ज़रूरत होती है ताकि आनेवाली पीढ़ियों तक भी व्यापार फलता-फूलता रहे। क्या हैं ये गुण?

1 भविष्य के प्रति दूरदृष्टि जिसे परिवार और सहयोगियों के साथ बांटा गया हो।

बिज़नेस के अलावा ऐसे बहुत कम ही व्यापारी होते हैं जो अपने काम में अपने सपनों और विचारों को अच्छी प्रकार से अभिव्यक्त कर पाते हैं। हां, उनका एक सपना होता है, अस्पष्ट-सा जो कुछ वर्षों से ज़्यादा नहीं टिक

पाता । कुछेक का नज़रिया उनके अपने जीवनकाल के लिए काफ़ी हो सकता है, लेकिन ज़्यादातर महज पांच या दस वर्षों की अवधि को ध्यान में रखकर चलते हैं। सच तो यह है कि 30 या 35 की उम्र में आपके पास तीन-चार दशक और होते हैं, कम-से-कम तब तक आपके वारिस कुछ करने लायक बन पाते हैं।

बिज़नेस शुरू करने के पहले पांच साल के संघर्ष के दौर के बाद आपको भविष्य को ध्यान में रखते हुए योजना बनानी चाहिए। आपकी इस योजना के दायरे में आपके नाती-पोतों समेत अगली पांच पीढ़ियों तक को शामिल किया जाना चाहिए। इससे आप अपने उन प्रतियोगियों से एक क़दम आगे रहेंगे जो वर्तमान से एक क़दम आगे के बारे में न तो सोचते हैं और न ही योजना बना सकते हैं।

तात्कालिक ज़रूरतों और आवश्यक दायित्वों से समझौता किए बग़ैर तब आपको उन आनेवाले बदलावों के बारे में सोचना चाहिए जो कल हर हालत में आएंगे। इसके लिए आपको अपने दिमाग़ की खिड़कियां खुली रखनी होंगी और अवश्यम्भावी बदलावों को समझने की योग्यता विकसित करनी होगी।

यह भी सम्भव है कि आपके पास भविष्य के अपने इरादों के बारे में अपने वारिसों को बताने के लिए शब्द ही न हों । यह भी सम्भव है कि आपने उन्हें उन भूलों के बारे में न बताया हो जो आपसे हुईं और न ही उनसे लिए गए सबक की जानकारी उन्हें दी । लेकिन अगर आप अभी ऐसा नहीं करेंगे तो आप अपने संघर्ष और मुश्किलों से हासिल जीत को दर्ज नहीं कर पाएंगे। जो बाद में आपके बिज़नेस की ज़िम्मेदारियां संभालेंगे उन्हें इसकी शुरुआती परिस्थितियों या जटिलताओं की ज़रा भी जानकारी नहीं होगी। इसमें वे तमाम लोग शामिल होंगे जो आपके साथ और आपके लिए काम करते हैं क्योंकि वे सब आपके बिज़नेस को बढ़ाने में सहायक होते हैं। उन सभी को अपनी योजना का हिस्सेदार बनाकर, उनके साथ अपने सपने बांटकर तथा उन्हें सहयोगी बनाकर आप न सिर्फ़ उसे टिकाए रखने में बल्कि बढ़ने में भी मदद करेंगे।

इस बात से कोई फ़र्क़ ज्हीं पड़ता कि आप वह व्यक्ति हैं जो जैसा कहता है, उससे बेहतर करता है। सभी कर्मशील व्यक्ति अच्छे या कुशल वक्ता नहीं हो सकते, लेकिन अपने परिवार और सहयोगियों के साथ अपनी योजनाएं ज़रूर शेयर करें।

2 अपने इरादों पर विश्वास अथवा अपने सपनों पर विश्वास

मैं इस बात को स्पष्ट करने के लिए आपको एक कहानी सुनाता हूं। कई साल पहले आन्ध्र प्रदेश के किसी गांव का युवक अपने परिवार की खुशहाली की ख़ातिर मुम्बई आया। जीवन-भर वह मेहनत करता रहा। शुरू में उसने बतौर चपरासी काम किया और फिर सीनियर क्लर्क बन गया तथा उसी पद से वह रिटायर भी हुआ। उसने अपने दोनों बच्चों को पढ़ाई के लिए अच्छे स्कूलों में भेजा और उसके एक बेटे ने तो नामी-गिरामी संस्थान से एम.बी. ए. तक किया। राजगोपाल शेट्टी नाम के इस व्यक्ति का एक सपना था। उसके बचपन में गांव में उसकी मां बेहद स्वादिष्ट डोसे बनाया करती थीं। और जब कभी भी वह घर जाता तो वैसे ही स्वादिष्ट डोसे बनाकर अपने नए शहर में बेचने के बारे में सोचा करता। जब वह रिटायर हुआ तो उसे एकमुश्त रक़म मिली और तब उसने अपने सपने को साकार करने का फ़ैसला किया।

अपने पुराने मालिकों की शुभकामनाओं के साथ उसने अपने पुराने दफ़्तर की इमारत के बाहर ही नुक्कड़ पर डोसे का स्टॉल लगा लिया। उसने स्टॉल पर अपने डोसों के विज्ञापन की तख्ती भी लटका दी। जब कभी भी कोई ग्राहक उसके स्टॉल पर आता तो वह मोहक मुस्कान बिखेरता हुआ उसे एक और स्पेशल डोसा खाने को या फिर पैक कराकर घर ले जाने को कहता। जल्दी ही उसका बिज़नेस चल निकला और मुम्बई शहर में दूर-दराज़ से लोग उसकी दुकान पर पहुंचने लगे ताकि शुद्ध मक्खन में पके, केले के पत्ते में लिपटे और नारियल की चटनी के साथ परोसे गए डोसों का स्वाद ले सकें। ग्राहकों की भीड़ से निबटने के लिए, ख़ासकर शाम के वक़्त ऑफ़िस

छूटने के बाद उसने कुछ कर्मचारियों को भी रख लिया। तीन साल बाद ही उसका काम इतना बढ़ गया कि उसे पुराने स्टॉल के आजू-बाजू दो और स्टॉल लगाने पड़े। इस बीच उसके बेटे गोपी ने एम.बी.ए. फ़र्स्ट क्लास में पास किया और एक दिन वह अपने पिता के कारोबार को देखने आया। गोपी को यह देखकर हैरानी हुई कि दुकान में कर्मचारी हर डोसे पर महंगा अमूल ढेर सारा लगा-लगाकर परोस रहे हैं। उसने देखा कि केले के महंगे पत्तों को एक बार इस्तेमाल करने के बाद कूड़ेदान में फेंका जा रहा था। और तो और एक कर्मचारी दुकान पर आए मगर अपनी कारों में ही बैठे ग्राहकों से मुस्कुराते हुए सिर्फ़ आर्डर लेने का काम कर रहा था। उस शाम गोपी ने अपने पिता से साफ़ शब्दों में कह दिया कि उसे उनके बिज़नेस के कुछ तौर-तरीक़े नापसन्द हैं। वैसे भी यह दौर आर्थिक मन्दी का है, स्टॉक मार्किट सुस्त है और डॉलर के मुक़ाबले रुपये की क़ीमत में अभूतपूर्व गिरावट दर्ज की गई है। उसने अपने पिता (जो स्टॉक बाज़ार और रुपये-डॉलर के रिश्तों के बारे में पूरी तरह अनजान थे) से कहा कि उन्हें किफ़ायत से चलना चाहिए। "आप अमूल मक्खन का इस्तेमाल बन्द कर दें, जानते भी हैं कि यह कितना मंहगा होता है? और भला इतने हेल्परों की आपको क्या ज़रूरत है? कारों में बैठे लोगों को डोसा सर्व करने की क्या ज़रूरत है? और अब नए होर्डिंग लगवाने की आपको कोई ज़रूरत नहीं है।"

राजगोपाल को शिक्षा का महत्त्व मालूम था और फिर उसका बेटा तो फर्स्ट क्लास एम.बी.ए. था। लिहाजा उसने वही किया जो बेटे ने सलाह दी। उधर गोपी की नौकरी पूना शहर में लग गई। क़रीब साल-भर बाद जब वह घर लौटा तो रात को पिता के लौटने का बेसब्री से इन्तज़ार करने लगा ताकि उनसे जान सके कि उसकी सलाह का नतीजा कैसा रहा है। राजगोपाल उस दिन जल्दी घर लौट आए। वे थके हुए और काफ़ी बूढ़े भी लग रहे थे। "तुम ठीक कहते थे, बेटा, मेरा बिज़नेस भी स्टॉक मार्किट की तरह लुढ़क रहा है।"

दरअसल, राजगोपाल सफल इसलिए थे क्योंकि उन्हें बाज़ार की ठोस जानकारी थी, उनके डोसे शानदार और क्वालिटी बढ़िया थी। साथ ही वे

अपने ग्राहकों को बढ़िया सर्विस भी देते थे और उन्हें एडवर्टाइज़िंग के फ़ायदे भी पता थे। उनके पास अगर कुछ नहीं था तो वह था अपने इरादों पर अटल विश्वास, अपने-आप पर भरोसा तथा अपने सपनों को दुरुस्त रखने का साहस। इसीलिए उन्होंने अपने पढ़े-लिखे बेटे की सलाह मानी जिसे किताबी ज्ञान तो था मगर बाज़ार की जानकारी नहीं थी।

3 भविष्य पर अटूट भरोसा और स्वीकार करने की योग्यता तथा परिवर्तन के लिए तैयार रहने की ज़रूरत

ज़्यादातर फ़ैमिली बिज़नेस वन-मैन-शो की तर्ज पर शुरू होते हैं। मालिक ही 'मैनेजमेंट' होता है। अगर उसका बिज़नेस सेवा क्षेत्र से जुड़ा होता है तो वही मुख्य 'उत्पाद' भी हो सकता है। ऐसे में मालिक के बग़ैर बिज़नेस हो ही नहीं सकता। वही ज़रूरत होने पर एडवाइज़र चुनता है, कर्मचारी नियुक्त करता है और उसके बिज़नेस के वारिसों को भी उसके मुताबिक ही चलना होता है। इसके उलट जो उद्यमी अपने दिल, आत्मा और शारीरिक मेहनत के बलबूते कुछ निर्मित करता है वह दरअसल, एक ऐसे बड़े उद्यम की नींव डाल रहा होता है जो भविष्य में बड़ा आकार लेनेवाला होता है। आपका बिज़नेस आपके वारिस की अमानत होता है, ठीक उस तरह जैसे आप अपनी बेटी को लाड़-प्यार से पालकर बड़ा करते हैं – उसे एक दिन किसी और परिवार में किसी अन्य आदमी को सौंपने के लिए। इसी तरह आप अपने बिज़नेस की भी अपने बच्चों और उनके बच्चों को सौंपने के लिए देखभाल करते हैं।

भविष्य के बारे में कोई नहीं बता सकता, लेकिन किसी भी परिस्थिति के लिए खुद को तैयार तो किया ही जा सकता है। बेशक, हम किसी भी तरह के काम–धन्धे में क्यों न लगे हों लेकिन हर तरह के बदलाव के लिए ख़ुद को तैयार रखना और हंसी–ख़ुशी उसे ग्रहण करना हमें सीखना चाहिए।

भविष्य के बारे में आपकी सोच वर्तमान की शक्ल तय करेगी। अगर आप उन बदलावों के बारे में ख़ुद को तैयार रखते हैं जो हर हाल में आने हैं तो आप हर वक्त एक क़दम आगे ही रहेंगे। बेशक, भविष्य के राज़ कोई नहीं जानता लेकिन आनेवाली परिस्थितियों के लिए ख़ुद को तैयार रखा जा सकता है। हम भले ही किसी भी तरह के काम-धन्धे से क्यूं न जुड़े हों, हमें बदलावों को हंसते-हंसते झेलने की आदत डालनी चाहिए । किसी भी व्यापार मालिक के लिए बिज़नेस में टिके रहने का यह अचूक नुस्ख़ा है।

सफलता की कहानियां वे लोग गढ़ते हैं जिनमें ऐसा करने का माद्दा होता है, संकल्प होता है और जो अपने जीवन को सफल बनाना चाहते हैं।

2. सफलता का राजमार्ग

शुरूआती संघर्ष और खुशियां

किसी भी नए व्यापार के शुरुआती दिन पंख पर टिके होते हैं और दुआओं के भरोसे चलते हैं। वह बिज़नेस कम और ख़्वाब ज़्यादा होता है। किसी भी बिज़नेसमैन को इस ख़तरनाक क्षेत्र में लानेवाली कुछ कर गुज़रने की उसकी इच्छा-शक्ति होती है। ज़्यादातर लोगों के पास यह इच्छा-शक्ति होती है लेकिन बिज़नेस से जुड़े रिस्क देखकर बहुत-से पीछे हट जाते हैं और कोई जॉब पकड़ लेते हैं। कुछेक जो साहसी होते हैं, वे टिके रहते हैं, मगर भारी क़ीमत अदा करते हैं।

शुरू में किसी भी बिज़नेस के संस्थापक को तीन अलग-अलग भूमिकाएं निभानी आनी चाहिए । सबसे पहले तो यही कि उसे अपने सप्लायर्स के साथ कठोरता से पेश आना चाहिए (क्योंकि प्रायः सभी बिज़नेस आवश्यकता से काफ़ी कम पूंजी लागत से शुरू होते हैं)। दूसरे, अपने कर्मचारियों से काम लेने के लिए उसे सख़्ती से पेश आना चाहिए। तीसरे, उसे काफ़ी आकर्षक होना चाहिए और ग्राहकों के साथ बेहद नरमी से पेश आना चाहिए, क्योंकि किसी भी बिज़नेसमैन के लिए ग्राहक ही लक्ष्मी का अवतार होते हैं।

इन तीनों में से कोई भी भूमिका बिज़नेसमैन को बिगाड़ती नहीं है। सच तो यह है कि उद्यम का उसूल ही यह है कि उद्यमी को सख़्त, तिकड़मी, चालाक, काम लेनेवाला और सफलता अर्जित करनेवाले गुणों से युक्त होना

चाहिए। इस क्षेत्र में चिकने-नरम लोगों की कोई ज़रूरत नहीं है। कहा जा सकता है कि भविष्य का उद्यमी वास्तव में, सपनों का सौदागर होता है, इसलिए तेज़-तर्रार व्यवसायी बनने के लिए लोगों तथा जीवन के प्रति नज़रिया बदलने की ज़रूरत पड़ती है। यह यात्रा काफ़ी कठिन होती है। जोख़िम अधिक होते हैं, क़ीमत भी ऊंची होती है, लेकिन यदि आप टिके रहे तो बाद में मिली सफलता का मीठा स्वाद सब-कुछ भुला देता है।

सफलता की राह पर बढ़ना

नया बिज़नेस ओलम्पिक की 100 मीटर दौड़ की तरह होता है। इसमें पैसा जुटाने, माल चढ़ाने-उतारने या सेवाएं उपलब्ध कराने के अलावा और किसी चीज़ की कोई गुंजाइश नहीं होती। इस सबके बीच अपने, अपने परिवार और कर्मचारियों के तन-मन और आत्मा को भी एक साथ जोड़े रखने की ज़रूरत होती है। यह बड़ी दयनीय स्थिति होती है।

यदि उद्यमी उचित तौर-तरीक़ों को सीखने के लिए कुछ समय अलग से निकाले तो वह मूर्खतावश होनेवाली ग़लतियों के कारण आनेवाले ख़र्च को घटा सकता है।

आम धारणा के विपरीत, नए बिज़नेस उन लोगों द्वारा नहीं शुरू किए जाते जो जानते हैं कि वे क्या कर रहे हैं, बल्कि वे लोग करते हैं जिन्हें कुछ बेचना या कुछ तैयार करना होता है।

यह बहुत कुछ प्रेम-विवाह की तरह होता है। आंखों में चमक लिए दो लोग एक-दूसरे की आंखों में झांकते हैं और हनीमून के शुरुआती दिन इतने रोमांटिक लगते हैं कि वे आनेवाले दिनों की मुश्किलों के बारे में भी सोचना छोड़ देते हैं। वे कभी ख़ुद से यह भी पूछना नहीं चाहते कि क्या यही वह व्यक्ति है जिसके साथ वे अपना पूरा जीवन बिता देंगे। सौदा तो हो चुका होता है और जीवन की कठिनाइयों के बारे में सोचने का कोई समय नहीं रहता। लेकिन कुछ महीनों के बाद जब असलियत से वास्ता पड़ता है तो दोनों भरपूर कोशिश कर (अगर ऐसा उनके स्वभाव में हुआ तो) निभाने की कोशिश करते हैं। यदि दोनों कोशिश करते हैं तो उनकी शादी सफल हो

जाती है। लेकिन कई मामलों में दरार भी पड़ जाती है और तब वह जोड़ा यह सोचने पर मज़बूर हो जाता है कि आख़िर उन्होंने एक-दूसरे में क्या देखा था। तब कमज़ोर और जानकारी रहित जोड़ों के लिए इतने समझौते, ढेर सारी कड़ी मेहनत करना काफ़ी मुश्किल होगा और आख़िर में उनके हाथ लगेगा तलाक़ तथा वकीलों के मार्फ़त हुए फ़ैसले।

दूसरी ओर सफलता-भरी कहानियां वे स्त्री-पुरुष बनाते हैं जिनके पास दृढ़ संकल्प होता है और जो अपनी ज़िन्दगी को सफल बनाकर ही दम लेते हैं। वे सही लोगों और स्रोतों से ठोस सलाह लेने के लिए काफ़ी पापड़ बेलते हैं। क़ीमत चाहे कुछ भी चुकानी पड़े मगर वे सही सलाह लेने की आदत बना लेते हैं क्योंकि वे जानते हैं कि कोई भी अच्छी चीज़ आसानी से नहीं मिलती। ज़िन्दगी में सर्वोत्तम या तो मुफ़्त मिलता है अथवा बहुत महंगा, वह सस्ता तो कदापि नहीं होता।

परेशानियों का पहाड़

ज़िन्दगी में शायद ही ऐसे जोख़िम हों जो नया बिज़नेस शुरू करने से भी ज़्यादा जोख़िम भरे होते हैं। इस काम में सुरक्षा नाममात्र की होती है और मुश्किल वक़्त में सहारा देने के लिए साधन भी इक्का-दुक्का ही होते हैं।

हो सकता है कि नए बिज़नेसमैन के तौर पर आपने बैंक से उधार लेकर या फिर अपनी ज़िन्दगी-भर की बचत को झोंककर अथवा अपने परिवार, दोस्तों की मदद से या अपना बहुत कुछ सामान बेचकर शुरुआत की हो। सच तो यह है कि जब आपने नया-नया काम शुरू किया होता है तो आपकी माली हालत एक दीवालिए की तरह होती है। तब आप सामान तैयार करना या सेवाएं देना शुरू करते हैं, आप कर्मचारियों को काम पर रखते हैं (आपको उन्हें भी तनख़्वाह देनी पड़ती है) आप कुछ ऊपरी ख़र्चों को भी उठाते हैं, कच्चे माल का ख़र्च उठाते हैं, घर का ख़र्च भी उठाते हैं। यानी आप भुगतान, भुगतान और सिर्फ़ भुगतान ही करते हैं। इस दौर में आप एक भी रुपया कमाए बग़ैर बिलों को चुकाते हैं। भला इससे बढ़कर जोख़िम क्या हो सकता है?

इस पर आपको अपना सामान या सेवाएं ख़रीदने के लिए ग्राहकों को भी पटाना पड़ता है। और अगर आपका काम अधिक मांग तथा कम आपूर्तिवाली श्रेणी का हुआ तब तो आपकी परेशानियां और ज़्यादा होंगी। उस पर अपने सपनों के काम को आगे बढ़ाने के लिए आपको सही लोगों की तलाश की सिरदर्दी भी झेलनी पड़ती है। अकसर कर्मचारी काम छोड़ जाते हैं या कहीं और चले जाते हैं और नतीजा यह होता है कि आपके पास काम करनेवालों की कमी बनी रहती है। आपको महसूस होता है कि आप ही एकमात्र ऐसे हैं जो बीस-बीस घंटे तक काम में ख़ुद को झोंके रहते हैं, जबकि जिन्हें काम के लिए आप भुगतान करते हैं (ब्याज़ पर उठाए धन से) उनसे काम लेने के लिए आपको हर वक़्त उनकी निगरानी करनी पड़ती है, और यह एक ऐसा काम है जो आप नहीं कर सकते।

यह बहुत हद तक प्रेम विवाह की तरह होता है। प्रेमी युगल एक-दूसरे की निगाहों में अपने-आप को देखते हैं और शुरुआती दिन इतनी मौज़–मस्ती मैं गुज़रने लगते हैं कि उन्हें भविष्य की कठिनाईयां नज़र ही नहीं आतीं।

अच्छे-अच्छे इरादोंवाले लोग भी इस मुक़ाम पर हार मान लेते हैं। लेकिन आप तब भी मैदान में डटे रहते हैं क्योंकि आपके लिए तो यह जीने-मरने का सवाल होता है। आपके अपने अस्तित्व का भी। ऐसे में आप बस 'पसीना' बहा सकते हैं।

यदि आपके व्यवसाय में श्रम ही पूजा है तो पसीना यक़ीनन आपका संकल्प है। किसी भी संस्थापक व्यवसायी के लिए पसीना ही उसे उन मुश्किलों के पहाड़ से उबारता है जो हर हाल में आनी होती हैं। इसका अर्थ है उन लोगों की आंखों में धूल डालना जो मुसीबतें पैदा करने पर उतारू होते हैं। इस दौर में बिज़नेसमैन दरअसल, संघर्षशील योद्धा की तरह होता है और जो अपने मैनेजरों के साथ मिलकर रणनीति तय करने के लिए शानदार बोर्डरूम में नहीं बैठता । वह ख़ुद मैनेजमेंट होता है और जो कुछ भी उसके हाथ लगता है, वह उसी से मुक़ाबला भी करता है।

अच्छी कम्पनी की रीढ़

नए बिज़नेसमैन के तौर पर आप उन लोगों को ही अपने साथ रखते हैं जिनका ख़र्च आप उठा सकते हैं क्योंकि शुरुआत में फ़ालतू ख़र्च के लिए आपके पास धन नहीं होता। यानी आपके पास कमतर कर्मचारी होते हैं क्योंकि आप वेतन भी तो कम ही दे रहे होते हैं। आपको ऐसे सलाहकार मिल सकते हैं जो मुफ़्त में सलाह दे सकते हैं या फिर भारी छूटवाली सेवाएं या सामान देने की पेशकश करते हैं। यह व्यवस्था ठीक-ठाक हो सकती है, क्योंकि शुरू में आप इस तरफ़ भी ध्यान नहीं देते कि ज़्यादातर काम आप ख़ुद ही कर डालते हैं। आपका जुनून और उत्साह आपको इस हद तक आगे की ओर धकेलता है कि आपके पास ठहरकर सोचने का ज़रा भी टाइम नहीं होता।

लेकिन अगर शुरुआती दौर में आपके पास एक निष्ठावान कर्मचारी है? तो वह सचमुच आपके काम के नज़रिये से फ़ायदेमन्द साबित होता है। बाकी तो सब काठ के उन टुकड़ों की तरह होते हैं जिन्हें आप ज़बरदस्ती ढो रहे होते हैं। आपको यह जानकर हैरानी होगी कि ज़्यादातर बिज़नेस बन्द ही इस कारण से होते हैं कि मालिक की ऊर्जा चुक जाती है। मालिक का बर्नआउट होना और कर्मचारियों की अयोग्यता पूरे व्यापार को ले डूबती है। लेकिन वह अकेला निष्ठावान कर्मचारी शुरुआती दौर में आपके व्यापार का रक्षक साबित हो सकता है, क्योंकि वह न सिर्फ़ व्यापार मालिक की ज़िम्मेदारियों को बांटता है, बल्कि दूसरे कर्मियों पर भी नज़र रखता है और बिज़नेस की नैया को खेता रहता है।

एम.एस. ओबरॉय : एक साहसी व्यक्ति

विश्वप्रसिद्ध ओबरॉय होटलों की शृंखला के संस्थापक मोहन सिंह ओबरॉय के बारे में हरेक उभरते व्यवसायी को जानना चाहिए। उनकी जीवन-गाथा यह बताने के लिए काफ़ी है कि व्यापार की दौड़ में सफलता हासिल करने के लिए बिज़नेसमैन को क्या करना चाहिए (या क्या नहीं करना चाहिए)। ओबरॉय की सबसे मज़बूत कड़ी थी उनकी शुरुआती कर्मचारियों की टीम

को चुनने की योग्यता। सच तो यह है कि ओबरॉय शृंखला की सफलता का श्रेय सहजता से इसके कर्मचारियों को दिया जा सकता है। मोहन सिंह ओबरॉय की शैक्षिक, वित्तीय और सामाजिक पृष्ठभूमि साधारण थी लेकिन उनके तेज़-तर्रार दिमाग़ में शुरू से ही कुछ बातें बिलकुल स्पष्ट थीं। आगे बढ़ने के हर चरण में उन्होंने महसूस किया कि कुछ-न-कुछ नया सीखते रहना महत्त्वपूर्ण है उन्होंने कड़ी मेहनत की, क्योंकि वे जानते थे कि मेहनत के इन घंटों और दिनों को बूंद-बूंद जोड़कर ही वे उस कुल योग को प्राप्त कर सकेंगे जो वे जीवन में हासिल करना चाहते थे। उनके ख़्वाब बेशक़ बड़े थे, मगर वे समझदार भी थे और यह जानते थे कि सपनों को साकार करने के लिए उन्हें बहुत कुछ सीखना है।

मोहन सिंह के पिता की मृत्यु जब हुई तब वे मात्र छः महीने के थे। उनकी 18 वर्षीय मां भागवन्ती उन्हें लेकर अपने पिता के गांव भाउन, जो पश्चिमी पंजाब (अब पाकिस्तान) में था, आ गईं।

मोहन सिंह ने 14 साल की उम्र तक गांव के स्कूल में ही पढ़ाई की और इसके बाद वे अपना बिस्तर बांधकर रावलपिंडी चले गए। मोहन सिंह की मां शुरू से ही उन्हें लायक बनाना चाहती थीं, इसलिए उन्होंने हमेशा इस बात का ख़याल रखा कि उन्हें किसी भी तरह की कोई कमी न पेश आए।

रावलपिंडी में मोहनसिंह ने अपनी ज़िन्दगी में पहले अंग्रेज़ और पहले होटल को देखा। इन दोनों ने ही उनके आनेवाले जीवन में सबसे ज़्यादा महत्त्वपूर्ण भूमिका निभाई।

एक बार छुट्टियों में जब वे अपने गांव आए तो उनकी मुलाक़ात शिवनाथ सिंह से हुई और दोनों में दोस्ती हो गई। मोहन सिंह ने मैट्रिक की परीक्षा पास कर ली थी और कॉलेज की पढ़ाई के लिए वे लाहौर चले आए। यहां उनकी मुलाक़ात अपने अंकल सरदार सुन्दर सिंह से हुई जो उनके पिता के भाई थे और वे उनके साथ ही हो लिए। अंकल की पंजाब बूट एंड शू कम्पनी के नाम से दुकान थीं और उनका बिज़नेस काफ़ी अच्छा चल रहा था। उन्होंने मोहन सिंह के डिज़ाइन करने और काम संभालने के गुणों को

भांपकर अपने यहां सुपरवाइज़र के तौर पर रख लिया। मोहन सिंह ने उस वक़्त इंटर की पढ़ाई ही पूरी की थी, मगर फ़ुल टाइम काम करने के अपने इरादे के चलते उन्होंने पढ़ाई बीच में ही छोड़ दी।

इस तरह 18 वर्षीय मोहन सिंह अपने अंकल की जूतों की फ़ैक्टरी के मैनेजर बन गए। लेकिन जल्द ही ओबरॉय की क़िस्मत उन्हें कहीं और ले आई। दरअसल, 13 अप्रैल, 1919 को अंग्रेज़ों ने जलियांवाला कांड कर डाला जिसके विरोधस्वरूप जूतों की फ़ैक्टरी बन्द हो गई।

ओबरॉय भाउन लौट आए - बेरोज़गार, धन-विहीन और टूटा दिल लिए। उनकी मां ने तुरन्त ही उनकी शादी 15 साल की एक सुन्दर लड़की से करवा दी। शादी की रस्मों का दौर ख़त्म हुआ तो मोहन सिंह का वास्ता असलियत से हुआ और वे लाहौर लौट गए, क्योंकि इस बीच जूतों की फ़ैक्टरी भी खुल गई थी। ठीक तभी उन्होंने अपनी दाढ़ी कटाने का फ़ैसला किया जो वाक़ई बेहद बोल्ड स्टेप था क्योंकि वे एक पारम्परिक सिक्ख परिवार से जुड़े थे। उनके इस फ़ैसले ने भी उनके जीवन में काफ़ी महत्त्वपूर्ण भूमिका निभाई। उनके अंकल ने उनके इस फ़ैसले से नाराज़ होकर काम से निकाल दिया और तब उन्हें अपने गांव लौटना पड़ा । इस बीच, उनकी पत्नी ने एक लड़की राजरानी को जन्म दिया। तभी गांव में प्लेग फैला और यह नन्हा परिवार अपनी नन्हीं बच्ची को बचाने की ख़ातिर वहां से निकल पड़ा। वे लोग शिमला के नज़दीक मुर्री नामक जगह पहुंचे जहां ओबरॉय को कोई सरकारी नौकरी मिलने की उम्मीद थी।

क़िस्मत ने एक बार फिर अपनी चाल चली और ओबरॉय इंटरव्यू में फेल हो गए। दुखी मन से माल पर चहलक़दमी करते ओबरॉय की नज़र फेलेटीज़ सेसिल होटल पर पड़ी जो लम्बे-चौड़े 100 कमरोंवाली नौ-मंज़िला इमारत थी और प्रभावी अंग्रेज़ पुरुष तथा महिलाएं उसमें आ-जा रहे थे।

शायद ठीक उस क्षण इस बीस-वर्षीय, बेरोज़गार, पत्नी-बच्चे के बोझ से दबे, धन-विहीन मगर चमचमाते जूतें और इस्तरी किए सूट पहने युवक के मन में एक सपना कौंधा।

अपनी ठेठ चतुराई और आकर्षण के बूते पर ओबरॉय ने सेसिल में 50 रुपये महीने की पगार पर एक अदने से क्लर्क की नौकरी जुटा ली। उनका काम बस इतना था कि उन्हें होटल की कोयले की ज़रूरत और सप्लाई पर नज़र रखनी होती थी। अपनी मेहनत और मैनर्स के बल पर जल्द ही ओबरॉय ने प्रमोशन पाई और अब वे डेस्क क्लर्क बन गए। एक रोज़ होटल में एक ख़ास मेहमान मोतीलाल नेहरू ठहरे और उन्होंने डेस्क क्लर्क से पूछा कि क्या उनके काग़ज़ात को टाइप करवाने का इन्तजाम हो पाएगा। ओबरॉय ने झट से यह ज़िम्मेदारी अपने ऊपर ले ली और कुछ देर में साफ़-सुथरी टाइप्ड कॉपी श्री नेहरू को लौटाई। कुछ पाने के लिए अतिरिक्त मेहनत करने की ओबरॉय की इसी आदत ने उन्हें बुलन्दियों पर पहुंचाया।

अब तक इस युवा दम्पत्ति के चार और बच्चे हो गए थे, दो बेटे तिलक राज (टिक्की) और पृथ्वीराज (बिकी), बेटियां स्वराज तथा प्रेम। बच्चों ने अपनी दादी भागवन्ती के साथ काफ़ी समय गुज़ारा जो अपने इकलौते बेटे मोहन सिंह की मदद को हमेशा तैयार रहती थीं।

सेसिल में ओबरॉय के बॉस अर्नेस्ट क्लार्क ने 1027 में उन्हें दिल्ली स्थित दिल्ली क्लब को एक साल के कांट्रक्ट पर चलाने की पेशकश की। यह काम सफल रहा और जब शिमला के कार्लटन होटल को बेचा जा रहा था तो क्लार्क ने उसे ख़रीदने का फ़ैसला किया। हालांकि क्लार्क के मुक़ाबले ओबरॉय कहीं नहीं ठहरते थे मगर उन्होंने बिज़नेस में पहला ब्रेक देनेवाले क्लार्क के नक्शेक़दम पर चलने का फ़ैसला किया। उस पर होटल की ख़स्ता हालत भी किसी चुनौती से कम नहीं थी। दोनों ने मिलकर होटल को देखा और उसके दाम को लेकर मोल-भाव किया। क्लार्क के पास इस होटल को ख़रीदने के लिए ज़रूरी डाउनपेमेंट नहीं थी, मगर ओबरॉय ने अपनी मां के अमीर रिश्तेदारों से रक़म उधार लेकर ज़रूरी रक़म का जुगाड़ कर डाला।

जल्द ही क्लार्क को देश छोड़कर जाना पड़ा क्योंकि उनकी पत्नी इंग्लैंड लौटना चाहती थी और इस तरह ओबरॉय अकेले कर्ता-धर्ता बन गए। समय ने करवट ली और कुछ ही साल बाद क्लार्क ने इस होटल को बेचने का मन बनाया। ओबरॉय के सामने फिर मौक़ा था मगर जोख़िम से भरा। यह ऐसा

फ़ैसला था जो उनकी पूरी क़िस्मत ही बदल सकता था। उनकी पत्नी ने, जो उनके सपनों की संगिनी भी थी, अपने तमाम जेवर बेच डाले। लेकिन तो भी पैसे कम पड़ गए और तब उन्होंने अपने एक रिश्तेदार से क़र्ज़ा लिया। आखिरकार 14 अगस्त, 1934 के एम.एस. ओबरॉय अपने जीवन में पहले होटल यानी शिमला के 'दि क्लार्क' के मालिक बन गए।

ओबरॉय – एक पारिवारिक व्यक्ति

इस दौरान पांच भाइयों और बहनों का परिवार धीरे-धीरे बड़ा होता रहा। जैसाकि स्पष्ट है कि मोहन सिंह की पत्नी ने उनके बिज़नेस में तब भी और बाद में भी काफ़ी महत्त्वपूर्ण भूमिका अदा की। अलबत्ता, सबसे बड़ा बेटा टिक्की चिन्ता का कारण बना हुआ था, पिता के लिए तो नहीं क्योंकि वे अपने सभी बच्चों से बेहद दुलार करते थे, मगर घर की महिलाओं के लिए ऐसा अवश्य था। चूंकि मोहन सिंह बेहद व्यस्त रहते थे, इसलिए बड़े बेटे में लापरवाही का पुट घर कर गया था। इसी बीच, स्वराज एक खूबसूरत युवक गौतम खन्ना के साथ प्यार कर बैठी । मोहन सिंह को गौतम में काफ़ी क्षमता नज़र आई और उन्होंने उसे न सिर्फ़ दामाद बना लिया बल्कि बिज़नेस में भी शामिल कर लिया । गौतम ने ही बाद में ओबरॉय होटलों की शृंखला (जिसमें अब कलकत्ता का ग्रैंड होटल भी शामिल है) को नई ऊंचाइयों तक पहुंचाया ।

बड़े बेटे टिकी ने अपनी शौक़ीन-मिजाज़ी ज़ारी रखी और दो शादियां कीं। अलबत्ता, उसके अन्तर्राष्ट्रीय सम्पर्क और स्वभावगत अच्छाइयों की बदौलत ओबरॉय होटल समूह की साख में काफ़ी इज़ाफ़ा हुआ।

दार्जिलिंग स्थित सेंट पॉल्स से स्कूली-शिक्षा प्राप्त बिकी कहीं अधिक शान्त, सुशील स्वभाव का था। और बाद मे उसने ही बिज़नेस का दारोमदार संभाला।

हालांकि मोहन सिंह (जो अब रायबहादुर मोहन सिंह ओबरॉय हो चुके थे) बड़े बेटे को ज़्यादा दुलार देते थे लेकिन मन-ही-मन वे भी जानते थे कि बिकी ही उनके काम को संभालेगा। इसीलिए शुरू से ही बिकी हर डील,

मीटिंग और अहम फ़ैसलों की नाज़ुक घड़ियों में मौजूद रहता। इस तरह वह उस बिज़नेस के गुर सीखता रहा जो बाद में उसे ही संभालना था।

रायबहादुर ने हमेशा से उन लोगों को अपने साथ जोड़ा जो संस्कारवान और ऊंचे चरित्र के थे, क्योंकि उनके व्यवसाय में सम्बन्ध का ही महत्त्व था। वे हरदम उन सुझावों को सुनने को तैयार रहते जिनसे उनके होटलों की सर्विस में सुधार आ सकता था। साथ ही वे अच्छा योगदान करनेवाले के प्रति पूरी उदारता का भी परिचय देते।

उनकी पारखी नज़रों ने भांप लिया था कि मैनेज़मेंट के स्तर पर प्रोफ़ेशनल ट्रेनिंग फ़ायदेमन्द साबित होती है। वे उन शुरुआती उद्यमियों में से हैं जिन्होंने प्रतिभाशाली नौजवानों को ऑन-जॉब ट्रेनिंग के लिए विदेश भेजा। आज तो यह किसी भी सफल बिज़नेस का ज़रूरी हिस्सा बन चुका है।

आज दुनिया-भर में ओबरॉय समूह के 30 से भी अधिक विश्वस्तरीय होटल हैं और इस समूह को होटल उद्योग में उत्कृष्टता के लिए जाना जाता है। इस तरह एक युवा स्वप्नद्रष्टा, जिसने पंजाब में एक छोटी-सी जगह पर बनी जूता फ़ैक्टरी में असिस्टेंट के तौर पर शुरुआत की थी आज घर-घर में जाना-पहचाना नाम बन चुका है और यह सब सम्भव हुआ, क्योंकि उसने अपने सपनों पर भरोसा करने का साहस जुटाया था।

लिंग संघर्ष : नई स्त्री

भारत में महिलाओं के प्रति अलग-अलग दृष्टिकोण रखने का लम्बा इतिहास रहा है। एक तरफ़ हम उन्हें मां के रूप में पूजते हैं तो दूसरी तरफ़ अपनी तमाम विकास योजनाओं में उन्हें पीछे छोड़ देते हैं। एक ओर हमारी प्रधानमन्त्री तक महिला रह चुकी हैं तो दूसरी ओर हम बहुओं को जलाते भी हैं। ऐसे में बच्चों को जो सन्देश मिलता है, उससे वे भ्रम में पड़ जाते हैं कि महिलाओं को आदर दें या उनका निरादर करें।

इसके बावजूद महिलाओं ने अपनी योग्यता को साबित कर दिखाया है।

स्कूलों में वे अच्छी साबित हुई हैं, काम के मामले में बेहतर तथा उन्होंने उत्कृष्ट मैनेजर और प्रशासक भी बनकर दिखाया है। उनमें धैर्य है, उदारता है तथा सहनशक्ति है। आज जबकि उनके पास अवसरों की समानता है तो उन्होंने ख़ुद को योग्य साबित किया है। महिलाओं के प्रति अपना दृष्टिकोण बदलने का समय आ चुका है। चूंकि यह किताब बिज़नेस में लगे परिवारों के भीतरी सम्बन्धों के बारे में है, इसलिए यह एक अहम विषय भी है।

हमें सबसे पहले तो यह स्वीकार करना होगा कि भले ही औरत और आदमी जैविक दृष्टि से अलग-अलग हैं लेकिन क़ानून की नज़रों में वे बराबर हैं और मानव गतिविधि के हर क्षेत्र में भी एक-समान हैं। जिस तरह कोई दो आदमी शारीरिक श्रम और दिमागी चतुरता की दृष्टि से एक जैसे नहीं होते उसी तरह दो महिलाएं भी अलग-अलग होती हैं।

अपने परिवार में अपनी मां, बहन, पत्नी तथा बेटी के प्रति अपने श्रेष्ठ व्यवहार के ज़रिये, भले ही आप पुरुष हैं या महिला, आप दूसरों के लिए भी उदाहरण पेश करते हैं।

पुरुषों को श्रेष्ठ साबित करने के पीछे केवल पुरुष का ही हाथ नहीं है बल्कि महिलाओं ने भी इसमें सक्रिय भूमिका निभाई है। बहुत से आदमी आज भी ऐसे हैं जो यह मानते हैं कि महिलाओं को किचन तक ही सीमित रहना चाहिए। कई महिलाएं भी इस रोल को पसन्द करती हैं। यह सरल जो है। लेकिन आज बहुत-सी महिलाएं ऐसी भी हैं जो पढ़-लिखकर अपने घरों से बाहर की दुनिया को जान रही हैं और उसमें योगदान भी देना चाहती हैं। ये वही महिलाएं हैं जिन्होंने अपने भाइयों के बराबर मगर पिताओं से बेहतर शिक्षा पाई है और इन्हें अपनी मंज़िलों को पाने में मदद देनी चाहिए।

ऐसी ही कोई एक महिला आपकी पत्नी, बहन या बेटी हो सकती है। क्या आप उसकी महत्त्वाकांक्षाओं का गला दबा सकते हैं, क्या आप उसके जज़्बातों को मौत के घाट उतारने की ज़िम्मेदारी अपने ऊपर ले सकते हैं? क्या आप गुज़रे ज़माने के पूर्वग्रहों, रीति-रिवाज़ों और परम्पराओं को ज़ारी रखना चाहते हैं ताकि आपके परिवार की औरतें परदों के पीछे बनी रहें?

जानते हैं कि बन्दूकों की धमकियां और सख़्त सज़ाएं देने के बावजूद तालिबान भी अपने इस मक़सद में क़ामयाब नहीं हो पाया था।

यदि कोई औरत ख़ुद ही घर तक सीमित रहकर केवल पत्नी और मां का रोल अदा करते रहना चाहती है तो यह एक अलग मामला है। यह उसकी अपनी इच्छा है और फिर बच्चों को पालना-पोसना तथा घर-गृहस्थी की चुनौतियों, सुख-दुख, पुरस्कारों को समेटना भी अपने-आप में फ़ुल टाइम काम है। लेकिन कोई महिला हाउसवाइफ़ है, एग्ज़ीक्यूटिव, डॉक्टर या फिर पायलट, उसे हर सूरत में वह सम्मान दिया जाना चाहिए जो किसी भी इन्सान को दिया जाता है। महिलाओं के प्रति आदर-भाव में आई कमी का ही नतीजा है कि सड़कों पर उन्हें छेड़ा जाता है, सताया जाता है और बेख़ौफ़ होकर परेशान किया जाता है।

अगर हम अपने बच्चों को सिखाएं कि उन्हें जीवन की तमाम विविधताओं का सम्मान करना है तो हम धीरे-धीरे सही मगर निश्चित तौर पर अपनी भावी पीढ़ियों के लिए सुरक्षा का माहौल तैयार कर पाएंगे। यदि हम महिलाओं के प्रति अपने पूर्वग्रहों को ख़त्म कर डालें तो अपने आस-पास बेहतर समाज रचने में योगदान कर सकते हैं। पढ़ी-लिखी महिलाएं अपने बच्चों की बेहतर परवरिश कर सकती हैं। कामकाज़ी महिला सामाजिक प्रगति तथा आर्थिक स्वास्थ्य के प्रति अपना सहयोग देती है। ऐसी महिला दोहरी ज़िम्मेदारियां निभाती है और उसे हमारी मदद चाहिए न कि आलोचना। सुदृढ़ परिवार-तन्त्र कामकाजी औरत को बच्चों की देखभाल सम्बन्धी चिन्ताओं से मुक्ति दिलाता है। जब हम ऐसे तन्त्र का मोल जानेंगे, बड़े और संयुक्त परिवारों की स्थिरता का महत्त्व समझेंगे, तभी हम कम अपराधों तथा कम बुराइयोंवाले राष्ट्रों का निर्माण करेंगे।

पढ़ने-लिखने की कोई उम्र नहीं होती। इन दिनों घर में बैठकर पढ़ाई–लिखाई के इतने साधन हैं कि आपकी पत्नी को अपने ज्ञान का दायल बढ़ाने के इन अवसरों को चूकना नहीं चाहिए।

आपकी पत्नी यानी आपके बच्चों की मां आपकी दोस्त और संगिनी

होनी चाहिए। उसे अपनी गतिविधियों के दायरे में शामिल करके, भले ही वह सक्रिय रूप से आपके बिज़नेस में हाथ न बटांए, आप अपना ही भला करेंगे। उसकी अपनी समझ होगी जिसके बल पर वह कुछ मामलों में आपको राय देगी। तब इस बात से भी कोई फ़र्क़ नहीं पड़ेगा कि उसने औपचारिक पढ़ाई-लिखाई की है या नहीं। हो सकता है कि टैक्स सम्बन्धी क़ानूनों की उसे कोई समझ न हो या फिर उसमें उसकी दिलचस्पी न हो लेकिन वह लोगों को और उनके व्यवहार को समझती है। हो सकता है कि इन मामलों में उसके पास आपसे बेहतर समझ हो। उसे हर बात की जानकारी देकर, उसके विचारों का उचित सम्मान कर, सिर्फ़ अपने राज़, समस्याएं या जीत के बारे में बताकर ही आप अपने लिए दुनिया में सबसे वफ़ादार साथी का इन्तज़ाम कर लेंगे।

मेरी तो सलाह है कि आपकी पत्नी को अपनी पढ़ाई ज़ारी रखनी चाहिए क्योंकि तब वह अपनी, बच्चों की और नाती-पोतों तक की मदद कर पाएगी। छात्र बनने के लिए कभी भी शुरुआत की जा सकती है। इन दिनों घर बैठे ही पढ़ने-लिखने की जो सुविधा है उसकी मदद से उसे अपने दिमाग़ को विस्तृत करने के अवसरों से चूकना नहीं चाहिए। यही बात आपकी बेटियों तथा बहुओं पर भी लागू होती है। उन्हें वह सब सीखने-पढ़ने के लिए प्रोत्साहित करें जिसमें उनकी रुचि है और तब उन्हें बेहतर इन्सानों के रूप में विकास करते हुए देखें।

ग़ैर–ज़रूरी बातों पर ज़्यादा ध्यान मत दें । लेकिन इसके उलट अपने बच्चों, जीवन-साथी और अपने परिवार से जुड़े महत्त्वपूर्ण मसलों पर तुरन्त ध्यान दें।

3. कुछ अलग बनकर दिखाना

की फ़रक़ पैंदा बनाम बहुत फ़रक़ पैंदा

पिछले वर्षों में मैंने एक महत्त्वपूर्ण बात सीखी है और वह है – की फ़रक़ पैंदा अर्थात क्या फ़र्क़ पड़ता है? यह दरअसल, एक नज़रिया भर है, ज़मीन पर गिरने के बाद फिर से उठ खड़े होने और आगे बढ़ने का नज़रिया। यह हर बात को वास्तविक परिप्रेक्ष्य में देखने, सचमुच महत्त्वपूर्ण बातों को प्राथमिकता देने तथा फालतू की बातों पर समय बर्बाद न करने का दृष्टिकोण ही है। जो चीज़ें अपने-आप सुलझ जाएं उन पर समय गंवाने या जिस मामले में कुछ नहीं किया जा सकता उस पर अपनी नींद क़ुर्बान करने अथवा तिल का ताड़ बना देने की बजाय थोड़ा मुस्कुराएं और 'की फ़रक़ पैंदा' कहकर उन्हें भूलें तथा आवश्यक मसलों पर ध्यान दें।

हैरानी की बात तो यह है कि जीवन की 90 प्रतिशत परेशानियां इसी श्रेणी की होती हैं। शेष 10 फीसदी समस्याएं उस वर्ग की होती हैं जिसे पंजाबी में कहते हैं 'बहुत फ़रक़ पैंदा' (बी एफ पी) यानी सचमुच 'काफ़ी फ़र्क़ पड़ता है'। यही वे मुद्दे या घटनाएं हैं जिनके गम्भीर परिणाम हो सकते हैं या ये ऐसी परिस्थितियों का निर्माण कर सकते हैं जो हमारे क़ाबू में नहीं रहतीं। इसलिए इन्हें पनपते ही उखाड़ डालें क्योंकि दोस्तो, बी एफ़ पी ही आपके जीवन में शान्ति या अशान्ति को तय कर सकता है।

यह किताब सम्बन्धों तथा सफल व्यापार का निर्माण करने की प्रक्रिया

के दौरान सम्बन्ध विकसित करने की कला को सीखने के बारे में है। जो भी यह जानता है वह ज़रूर इस बात को स्वीकार करेगा कि जब भी बिज़नेस की नींव डाली जाती है तो जो एकमात्र प्रभावित होता है, वह है बिज़नेसमैन का परिवार। यदि किसी की पत्नी समझदार और खुले दिमाग़ की है तो उसे कुदरत की ओर से मिले इस क़ीमती तोहफ़े के लिए शुक्रिया अदा करना चाहिए। लेकिन सच तो यह है कि घर-परिवार के दबावों, पति के मूड, पैसे की बराबर कमी और सुरक्षा के अभाव के चलते किसी सुपरवुमैन तक की हिम्मत जवाब दे सकती है। बच्चे ऐसे पिता से बचना चाहेंगे जो उन्हें किसी ख़ास मौक़ों पर ही मिलते हैं या जो हमेशा काम पर जाने की हड़बड़ी में रहते हैं अथवा जिनके चेहरे पर हर वक़्त चिन्ताओं का लबादा पड़ा रहता है।

बढ़ते बच्चों कों आपका वक़्त चाहिए (बी एफ़ पी)

जिस भी व्यक्ति ने परिवार की परिस्थितियों के सन्दर्भ में 'क्वालिटी टाइम' नाम की अवधारणा ईज़ाद की थी, वह सम्भवतः कोई परिष्कृत बिज़नेसमैन रहा होगा। मां-बाप के साथ रहते हुए भी बच्चे ठीक-ठाक ढंग से बड़े हो जाते हैं और कुछ मामलों में तो उनमें बेहतर गुण भी विकसित हो जाते हैं। लेकिन जब माता-पिता दोनों हों तो बच्चे चाहते हैं कि दोनों उन पर ध्यान दें। उधर, व्यापार में सक्रिय परिवारों में बढ़ते बच्चों पर ध्यान देना उतना ही अहम होता है जितना बिज़नेस का लेखा-जोखा रखना या कार्यक्रमों को विस्तार देना, वगैरह। मगर ऐसा क्यों? क्योंकि आनेवाले दिनों में इन बच्चों को वही बिज़नेस तो संभालना है। जब समय अनुकूल हो तभी बीज बोना चाहिए। इसलिए यह ज़रूरी है कि आप उन पर नज़र रखें और यह जानने की कोशिश करें कि किस में बड़े होकर आपके काम को संभालने की योग्यता दिखाई दे रही है।

अब मैं आपको 72 वर्षीय ओम प्रकाश शर्मा की कहानी सुनाता हूं जिन्होंने 22 साल की उम्र में आंखों में सपने लिए अपने बिज़नेस की शुरुआत की थी। उनकी क़िस्मत अच्छी थी जो उन्हें ऐसी बीवी मिली जिसने अकेले अपने दम पर अपने तीनों बेटों का पालन-पोषण किया। आज सबसे

बड़ा बेट अमरजीत 46 साल का है और पिता के कारोबार को संभाल रहा है। मगर वह अपने पिता की परछाईं भर है। अमरजीत ने इंजीनियरिंग की पढ़ाई की थी, ताकि इंजीनियरिंग का सामान बनानेवाली अपनी फर्म में मदद कर सके। लेकिन वह हमेशा से अपने पिता के आतंक के साए में जिया और पिता ने भी शायद ही बेटे पर कभी ग़ौर किया हो। दूसरा बेटा गौतम 42 साल का है। जब वह पैदा हुआ तो बिज़नेस फल-फूल रहा था, लिहाज़ा उसे विदेश में पढ़ाई का मौक़ा मिला और साथ ही बाहरी दुनिया भी उसने देखी। उसने अलग व्यवसाय चुनने का फ़ैसला किया और होटल-व्यवसाय में आ गया। सबसे छोटे बेटे ने तो मानो रुपये-पैसों की खनकार के बीच ही आंखें खोली थीं और नतीजतन, ऐसे बिगड़ैल बेटे के रूप में बड़ा हुआ जिसकी रुचि कारों का संग्रह करने में थी। हालांकि वह होशियार था और उसने मास-कम्यूनिकेशन तथा फ़ोटोग्राफ़ी की बाक़ायदा शिक्षा भी ली मगर ये दोनों डिग्रियां उसने इनसे जुड़े ग्लैमर के चलते ली थीं। वह पिता के काम में हाथ बंटाता है और बिज़नेस के लिए विज्ञापन वगैरह तैयार करता है (जब भी उसे इस काम के लिए टाइम मिलता है)। शर्मा जी की पत्नी उदार स्वभाव की लेकिन दुखी महिला लगती हैं, जिन्होंने धार्मिक गतिविधियों में अपने-आप को व्यस्त कर लिया है। वे गुरुद्वारों-मन्दिरों में जाती हैं और समय बिताने के लिए दूसरी महिलाओं के साथ मिलकर सत्संग करती हैं। दोनों पति-पत्नी का स्वभाव एक-दूसरे से कतई मेल नहीं खाता।

ऐसे में हमारे सामने क्या छवि उभरती है? एक ऐसा बड़ा-बुज़ुर्ग जिसने अपनी कड़ी मेहनत के दम पर इतनी सफलता जुटाई कि वह सफलता ही बतौर पिता-पति उनकी तमाम कमियों पर परदा डाले रही। शर्मा जी का अब भी अपने करोबार पर पूरा नियन्त्रण है और उन्होंने वास्तव में, किसी को भी काम की पूरी ज़िम्मेदारी नहीं सौंपी है। किसी भी दिन वे चल बसे तो उनके व्यवसाय को संभालनेवाला उचित वारिस नहीं होगा। वे एक अकेले पड़ चुके इन्सान हैं जिनके पास अपने मन की बातें कहने-सुननेवाला कोई नहीं है। अपने पूरे जीवन में उन्होंने एक बार भी यह नहीं सोचा कि 'की फ़रक़ पैंदा ।' (इसका क्या फर्क़ पड़ेगा?) उन्होंने अपने बच्चों के साथ अपना क़ीमती समय

बांटने के बारे में कभी नहीं सोचा और आज तो यह स्थिति इस मोड़ पर आ गई है कि अब 'बहुत फ़रक़ पैंदा' वाली नौबत आ चुकी है।

ज़िन्दगी ऐसी ही है। इससे पहले कि आप यह समझ पाएं कि क्या हो रहा है, यह टनों वज़न से आप पर वार करती है और तब तक बहुत देर हो चुकी होती है।

एक क़ामयाबी से दूसरी क़ामयाबी के सफ़र पर आगे बढ़ते हुए बिज़नेसमैन को कुछ बातें सुनिश्चित कर लेनी चाहिए। वह जिस एकमात्र चीज़ को नहीं लुटा सकता वह है टाइम। और यही वह है जो उसे अपने परिवार को देना होता है – इससे पहले कि सिर से पानी गुज़र जाए। यह मत भूलें कि व्यवसायी के बच्चों को अपनी दौलत संभालना सीखने के साथ-साथ एक अच्छा-ख़ासा स्तर भी बनाए रखना होता है। किसी भी युवा के लिए ऐसा करना सबसे कठिन होता है। दौलत कई दरवाज़े खुद-ब-खुद खोलती है यानी बच्चे के पास ज़िन्दगी की परेशानियों से बचने के कई रास्ते होते हैं। जो बच्चे अमीर घरानों में पैदा नहीं हुए होते, वे जीवन की कठोर डगर का मुक़ाबला करने के लायक ख़ुद को बनाने के लिए खेल-कूद, गम्भीरतापूर्वक पढ़ाई-लिखाई या कोई और शौक़ को अपनाते हैं, जबकि रईस बच्चे ड्रग्स या और ख़तरनाक आदतों के शिकार हो जाते हैं। वे ऐसा इसलिए करते हैं क्योंकि यही आसान रास्ता होता है।

जीवन बस ऐसा ही है! आप इसे समझने की कोशिश करेंगे उससे पहले ही यह आप पर ऐसा वार कर डालेगा कि आपके लिए कुछ भी करना नामुमकिन होगा।

ज़िन्दगी हमारे सामने रोज़-ब-रोज़ ऐसी सच्चाइयों को ला खड़ा करती है। एक अमीर लड़के ने शराब के नशे में धुत्त होकर रास्ते में कुछ मासूमों को कुचलकर मार डाला; कोई अमीरज़ादी ड्रग्स लेने लगी या अपने ड्राइवर के बेटे के साथ भाग गई। आए दिन ऐसे क़िस्से सुनाई पड़ते हैं। लोग ऐसी कहानियों को छिपा जाते हैं लेकिन सच्चाई यह है कि अमीर परिवारों की चकाचौंध के पीछे ऐसे कई दुख-भरे क़िस्से होते हैं। कई अमीर बच्चे

छोटी-सी उम्र में ही ज़्यादतियों या बोरियत के चलते अपनी जान गंवा देते हैं।

दूसरों की ग़लतियों से सीख लेना बेहतर है; क्योंकि उन सबको दोबारा ख़ुद करने का टाइम आपके पास नहीं है। किताबों या दूसरों के अनुभवों से सीखना फ़ायदेमन्द होता है क्योंकि तब आपको कई परिस्थतियों से निबटना आ जाता है।

यह आश्चर्यजनक मगर सच है कि वैज्ञानिक या तकनीकी खोजों के अलावा जीवन में 'नया' बहुत थोड़ा ही होता है। ज़्यादातर पारिवारिक या बिज़नेस सम्बन्धी फ़ैसले जाने कितनी ही बार दोहराए जा चुके होते हैं और उनके बारे में बहुत कुछ लिखा जा चुका है। इस किताब में मैंने उन सैंकड़ों किताबों में दर्ज़ कुछ क़िस्सों या उदाहरणों को बटोरने की कोशिश की है जो मैंने पढ़ी हैं ताकि आपको एक ही संग्रह में काफ़ी कुछ मिल जाए।

"यह सब मैं आपके लिए ही तो कर रहा हूं"

जब-जब बच्चों ने आपका साथ चाहा तब-तब आपने कितनी बार उन्हें यही रटा-रटाया ज़वाब सुना दिया है? "यह सब तुम्हारे लिए ही तो है, इसीलिए मेरे पास वक़्त नहीं है। मैं यह सब तुम्हारे लिए ही तो कर रहा हूं।" जब यही बच्चे आपकी मौजूदगी के अभाव को झेलते हुए बड़े हो जाएंगे तो आपको बस एक ऐसे साए के रूप में याद रखेंगे जिसने अपार दौलत उपलब्ध कराने के सिवाय और कोई ख़ास भूमिका नहीं निभाई। 'अपार' क्यूं। क्योंकि उनके पिता ने उन्हें कभी यह नहीं बताया कि दौलत कैसे और कहां से आती है, उसे कमाने के लिए कितने पापड़ बेलने पड़ते हैं और यह भी की अगर रोज़-ब-रोज़ इसकी देखभाल नहीं कि जाए तो यह गायब भी हो जाती है।

किताबों तथा दूसरों के अनुभवों से सीख लेकर आप ख़ुद को लाभ की स्थिति में रखते हैं। इससे आपको ऐसा गुर मिल जाता है जो विभिन्न परिस्थितियों से निबटने में आपकी मदद कर सकता है।

इस आम समस्या को स्पष्ट करने के लिए मैं एक कहानी आपको सुनाता हूं। विभाजन के बाद राजकुमार सोंधी नई दिल्ली आए। वे उस समय मुश्किल से 22 साल के रहे होंगे और उन्होंने अपनी आंखों के सामने ही परिवार की पूरी धन-दौलत को लुटते देखा था। इस युवक ने रद्दी-कबाड़ आदि का अपना छोटा-सा व्यवसाय शुरू किया। वह किसी भी तरह की मदद लेने में भी संकोच नहीं करता था। उसकी हाल ही में शादी हुई थी और पत्नी भी उसे भरपूर सहयोग देती थी। कारोबार शुरू करना कोई हंसी-मजाक़ नहीं था, मगर राजकुमार ने अपनी मेहनत के दम पर कुछ ही वर्षों में अपने काम को काफ़ी बढ़ा लिया। उसने अब मशीनरी पार्ट्स बनाने का काम भी शुरू किया। कुछ समय बाद उसने फिर काम फैलाया और अब वह औज़ार भी बनाने लगा। उसका व्यवसाय फलता-फूलता रहा। इस बीच, घरेलू मोर्चे पर भी उसका परिवार बढ़ रहा था। उसके दो बेटे तथा दो बेटियां हुईं। बच्चे बड़े हो रहे थे और महंगी शिक्षा पा रहे थे। किसी भी बच्चे को यह आभास तक नहीं था कि उनके चारों तरफ़ जिन चीज़ों का अम्बार लगा था उसकी क़ीमत क्या होगी। सबसे बड़े को प्रतिष्ठित लन्दन स्कूल ऑफ़ इकोनॉमिक्स में पढ़ाई के लिए भेजा गया। सबसे बड़ी बेटी बामुश्किल 18 की रही होगी जब उसकी शादी एक अमीर घराने में कर दी गई। दूसरा बेटा सेंट स्टीफन्स से कारपोरेट लॉ की पढ़ाई कर रहा था जबकि सबसे छोटी बेटी स्कूल में अन्तिम वर्ष की छात्रा थी कि एक रोज़ राजकुमार को लकवा मार गया। उनके शरीर का दाहिना हिस्सा लकवाग्रस्त हो गया और बोलने की क्षमता भी प्रभावित हुई। जब उन्हें अस्पताल से छुट्टी दे दी गई तब भी वे अपने हाथ से लिखने के क़ाबिल नहीं हुए थे। इसके बाद क्या हुआ होगा?

इतने वर्षों में राजकुमार ने अपनी आय के अलावा परिवार के साथ और कोई राज़ शेयर नहीं किया था। यह तो उनकी क़िस्मत अच्छी थी कि उनकी पत्नी ने बच्चों पर पूरी नज़र रखी और यह सुनिश्चित किया कि वे अच्छी शिक्षा पाएं। लेकिन वह भगवान तो नहीं थी। उसे इस बात की ज़रा भी जानकारी नहीं थी कि पति ने इतनी दौलत कैसे कमाई । दरअसल, उसे बिज़नेस का राज़दार कभी बनाया ही नहीं गया। वह बच्चों को यह नहीं सिखा सकती थी कि पिता के काम को कैसे संभालना है। बच्चों को भी

अपने पिता के बारे में शायद ही कुछ पता हो। बेशक़, वह एक भला इन्सान था लेकिन वह उनके आसपास कभी रहा ही नहीं।

अब भले ही राजकुमार घर पर था लेकिन वह लिख-बोल तो सकता नहीं था जो अपनी बात उन्हें समझा पाता। वह आंखों में आंसू भरे रहता। यानी अब भी वह नदारद पिता ही था। सबसे छोटे बेटे कबीर ने झटपट बिज़नेस के गुर सीखने की कोशिश की और यह सोचा कि शायद पिता के कर्मचारी उसकी मदद करेंगे। दफ़्तर पहुंचने पर उसे पता चला कि एक भी कर्मचारी को बिज़नेस के किसी भी पहलू की कोई जानकारी नहीं है। उसके पिता अकेले ही सब-कुछ संभाले हुए थे। कर्मचारियों को तो बस हुक़्म बजाना आता था और वे सिर्फ़ उतना ही जानते थे जितना उनसे कहा जाता था। कबीर के लिए यह भारी मुसीबत का दौर था। ज़्यादातर बैंक खातों से लेन-देन भी पिता के हस्ताक्षर से ही सम्भव था जबकि एकाउंटेंट सिर्फ़ छोटे-मोटे ख़र्चों को निपटाने के लिए थोड़ी-बहुत रक़म की लेन-देने कर सकता था। यानी बिज़नेस को चलाने के लिए कबीर के पास रुपये तक नहीं थे। बैंक मैनेजर और क़ानूनी लिखा-पढ़त की मदद से इस व्यवस्था को बदलने में कई हफ्ते गुज़र गए। व्यापार की पहेलियों को सुलझाने में कबीर को कई महीने लगे। इस बीच, राजकुमार को दूसरा अटैक पड़ा और वे भगवान को प्यारे हो गए।

ऐसा किसी के भी साथ घट सकता है। परिवार को पूरी जानकारी देना, आकस्मिक घटनाओं से निबटने की योजनाएं बनाना और परिवार के बिज़नेस के सभी ज़रूरी पहलुओं को समझना महत्त्वपूर्ण है। इसकी पूरी ज़िम्मेदारी व्यापार मालिक की है ताकि परिवार को फ़िज़ूल की परेशानियां नहीं झेलनी पड़ें।

इतिहास ख़ुद को दोहराता है

जब आपके बच्चे बड़े हो जाएंगे तो उनकी शादी होगी और तब बेटे-बेटियों के अलावा आपकी बहुएं और दामाद भी होंगे। कई बिज़नेस घरानों में दामाद को चुना ही इस नज़रिये से जाता है कि वह परिवार के व्यवसाय को

बढ़ाएगा, फैलाएगा या उसमें हाथ बंटाएगा। इसी तरह बहुओं को इस आधार पर चुना जाता है कि वे परिवार की परम्परा में ढल जाएंगी और इन दिनों तो यदि वे दिलचस्पी रखती हैं तो उन्हें भी बिज़नेस से जोड़ा जाता है। यह सब एक स्वस्थ परम्परा है। लेकिन अगर परिवार में रिश्तों की डोर मज़बूत नहीं हुई और बच्चे पिता के दुलार तथा सीख के अभाव में पले-बढ़े हुए हों तो वे बिज़नेस में किसी बाहरी व्यक्ति के हस्तक्षेप के मुद्दे पर विद्रोह कर सकते हैं। तब बेटियां ख़ुद को पिता के काम से दूर रखने में ही भलाई समझेंगी जबकि बेचारी मां घरेलू मोर्चे पर छिड़ी जंग और पसरी राजनीति से जूझेगी।

यानी हम घूम-फिरकर वहीं पहुंच जाएंगे जहां से शुरू हुए थे। आपका परिवार आपके लिए सबसे महत्त्वपूर्ण होता है, आपके ख़ून-पसीने और उस धन-दौलत के समान ही जो आपके सफल कारोबार की नींव में भरा गया था। इसलिए अब ख़ुद का एक भला और करें तथा अपने परिवार को उतना महत्त्व अवश्य दें जिसका वह हक़दार है, ताकि आनेवाले दिनों में भी सब ठीक-ठाक रहे। जीवन आपकी तरफ़ पीठ के पीछे से गुगली उछालता रहता है, इसलिए हो सके तो पीठ पर भी आंखें उगा लें। दरअसल, 30, 35 या 45 की उम्र में इस बात पर विचार कर लेना फ़ायदेमन्द होता है कि अगले 20, 30 या 40 साल कैसे होंगे। यह पूरी प्रक्रिया शान्ति के दौर में सेना को तैयार करने जैसी है। यह तैयारी लड़कों के स्काउट संगठन के मूल मन्त्र "हरदम तैयार रहने" जैसी है।

अनुशासन का पहला सबक घर में सीखें

हम भविष्य के लिए कैसे तैयारी करते हैं? हम नियमित घटनेवाली घटनाओं के लिए योजनाएं बनाते हैं और अचानक होनेवाली घटनाओं के मामले में ख़ुद की जांच भी करते हैं। किसी भी सफल व्यक्ति के लिए सबसे ज़रूरी है अपने बेटों और बेटियों को अच्छी शिक्षा देना। बच्चों की काफ़ी उम्र इसी पढ़ाई में बीतती है। रोज़मर्रा के जीवन के कुछ सख्त मगर उचित क़ायदे-क़ानून बनाना भी जीने के स्वस्थ तौर-तरीक़ों में ही शुमार होता है। बढ़ते बच्चों को

अनुशासन में रखना ज़रूरी है ताकि उनमें सुरक्षा के साथ-साथ किसी भी बात को यूं ही लेने की आदत न पड़े। चूंकि उनकी तमाम ज़रूरतों को पूरा किया जाता है, इसलिए बच्चों को ख़र्च करने के लिए ज़रूरत से ज़्यादा अनुचित रक़म कभी नहीं दें। इसकी बजाय उन्हें उस मेहनत का मोल बताएं जो दौलत कमाने के लिए ज़रूरी है। पश्चिमी देशों में ज़्यादातर समझदार मां-बाप, भले ही वे कितने ही अमीर क्यों न हों, इस बात पर ज़ोर देते हैं कि उनके बच्चे अपनी पॉकेट मनी ख़ुद कमाएं। लेकिन बदक़िस्मती से भारत में अभी यह चलन में नहीं है। तो भी बच्चों को हर वह चीज़ दिलाना समझदारी नहीं है जिसकी वे मांग करते हैं। ऐसा होने पर वे कभी यह समझ नहीं पाएंगे कि ज़िन्दगी फूलों की सेज नहीं है और यह कि कुछ भी पाने के लिए कमाना ज़रूरी है। बेशक़ आपने इतनी दौलत जोड़ ली हो जो आपकी अगली पांच पीढ़ियों के लिए भी काफ़ी हो तो भी मैं आपको याद दिलाना चाहूंगा कि यह कोई नहीं जानता कि आनेवाला कल कैसा होगा। बाज़ार में आई-मन्दी, भूकम्प, युद्ध या फिर एक ग़लत फ़ैसला ही चन्द मिनटों में सब-कुछ तबाह कर सकता है।

आप अपने बच्चों के लिए बतौर विरासत सबसे मूल्यवान सौग़ात यह छोड़ सकते हैं कि उन्हें ऐसा आत्मनिर्भर इन्सान बनाएं जो हर विध्वंस के बाद नए सिरे से शुरू करने की क़ाबिलीयत रखता हो।

ससुरालवाले – अपने या पराए?

जब आप अपने बेटे की शादी के लिए किसी लड़की का चुनाव करते हैं या वह ख़ुद ही अपनी पसन्द की पत्नी को घर लाता है तो आपके परिवार में एक ऐसा सदस्य शामिल हो जाता है जो हमेशा के लिए उसका हिस्सा रहेगा। समझदार इन्सान इस नए सदस्य को वह सम्मान देता है जिसकी वह अधिकारी है। लेकिन बदक़िस्मती से ज़्यादातर घरों में इस नए सदस्य की या तो उपेक्षा होती है या फिर उसे बाहरी व्यक्ति माना जाता है। यह 'बहू' नाम का विषय इतना आम हो चला है कि आज कई सीरियलों की कहानी ही इस पर टिकी है। ऐसा लगता है कि बहुत-से लोग टी. वी. के परदों पर दिखाए

जा रहे किसी-न-किसी पात्र को अपने घर-परिवार के सदस्यों से मिलता-जुलता भी समझते हैं। आजकल ज़्यादातर बहुएं समझदार महिलाएं होती हैं जिनके अपने ख़्वाब और अपना नज़रिया होता है। यहां तक कि वे फ़ैमिली बिज़नेस में भी अच्छा-ख़ासा सहयोग कर सकती हैं। अगर वह हाउसवाइफ़ का रोल ही निभाती है तो भी अपने पति को अलग-अलग रूप से वह सहयोग करती है। वह मां के रूप में अगली पीढ़ी के वारिसों का पालन-पोषण करती है। यानी तीसरी पीढ़ी के उन बच्चों की ज़िन्दगी में उसकी अहम भूमिका होती है जिन्हें आगे चलकर आपकी दौलत और आपके बिज़नेस को संभालना है।

दूसरी ओर जो दामाद आपके बिज़नेस से आर्थिक बराबरी या फिर अपनी शिक्षा और प्रतिभा के दम पर जुड़ता है, उसे आप सहज ही अपना सहयोगी स्वीकार कर लेते हैं। लेकिन ज़िन्दगी इतनी सरल भी नहीं होती। कई बार यह भी होता है कि लड़के के घर-परिवार की पूरी छानबीन करने के बावजूद यह पता नहीं चल पाता कि वह एक बिगड़ैल या ख़राब आदतोंवाला है तथा बिज़ी मां-बाप की उपेक्षित सन्तान है। तब आप क्या करेंगे? यह यक़ीनन अजीबोग़रीब स्थिति है। वैसे बेहतरी तो इसी में है कि आप ऐसे हालात से बचने की कोशिश करें, लेकिन अगर आपके भाग्य से ऐसा दामाद ही आपको मिल जाए तो उसे शुरू से ही सुधारने की कोशिश से जुट जाएं। इसके लिए उस पर ऐसी ज़िम्मेदारियां डालें जिन्हें वह संभाल सके, उसे सम्मान दें (भले ही वह उसका हक़दार न हो) ताकि वह आख़िरकार सुधर जाए या फिर थोड़ी-बहुत सख़्ती भी करें। चूंकि अभी वह नौजवान है इसलिए इस बात की पूरी सम्भावना है कि वह सुधर सकता है, बशर्ते उसे भरपूर सम्मान दिया जाए और साथ ही उससे अपनी ड्यूटी निभाने की उम्मीद रखी जाए। हालांकि इन मामलों में कोई निश्चित फ़ार्मूला नहीं होता यह भी तय है कि यह काम असम्भव नहीं है।

आजकल की ज़्यादातर बहुएं पढ़ी-लिखी होती हैं जिनका अपना नज़रिया और अपने ख़्वाब होते हैं। वे किसी भी व्यापारिक परिवार को अपना सहयोग दे सकती हैं।

उदार माता-पिता

भारत में बड़े परिवारों का चलन अब भी है, ख़ासकर बिज़नेस घरानों में। आपके बेटे और बहुएं इसी श्रेणी में आती हैं और ऐसे में एक नाज़ुक सन्तुलन बनाकर रखना ज़रूरी है। इसका पहला कारण तो यही है कि आपके बच्चों के नए-नवेले परिवारों में शान्ति क़ायम रखना महत्त्वपूर्ण है। एक दयावान और परवाह करनेवाले माता-पिता के रूप में आपको यह भी सुनिश्चित करना पड़ता है कि आप ख़ुद अपने बच्चों की नई गृहस्थी में झगड़े का कारण न बन जाएं। इसके उलट आप आपसी सम्बन्धों को मज़बूती से जोड़नेवाले उस लेप को तैयार कर सकते हैं जो जीवन-भर टिकाऊ बना रहे।

कभी-कभी जब आपके बच्चे ख़ुद ही अपना जीवनसाथी चुन लते हैं तो आपको अपने समधी या समधन के साथ निभाना थोड़ा मुश्किल लगने लगता है। ऐसा इसलिए होता है क्योंकि आप दोनों परिवारों की पृष्ठभूमि, संस्कृति वग़ैरह पूरी तरह फ़र्क़ होती है। लेकिन जिस तरह एक स्मार्ट बिज़नेसमैन अलग-अलग क़िस्म के ग्राहकों से निबटने के लिए अपने व्यवहार कौशल का इस्तेमाल करता है, उसी तरह आपको भी अपनी व्यवहार-कुशलता के सहारे उनके साथ कम-से-कम कामचलाऊ सम्बन्ध तो बनाने ही चाहिए, भले ही ऐसा कर पाना कितना भी कठिन क्यों न हो। ऐसा करना भविष्य में आपके लिए ही फ़ायदेमन्द साबित होगा।

तीसरी पीढ़ी

आपको हैरानी होगी कि मैं इतनी दूर खड़े भविष्य के बारे में चर्चा क्यूं कर रहा हूं और ख़ासकर उस स्थिति में जबकि आप अभी युवा हैं और नवविवाहित भी। तो मैं स्पष्ट बता दूं कि आपको भविष्य के बारे में आज ही से तैयारी करने की सलाह देकर मैं आपका भला ही कर रहा हूं। यह सच है कि कई तरह के बदलाव हो रहे हैं और उम्मीद है कि आप इन बदलावों को हमेशा याद रखेंगे।

शायद आप अपने नाती-पोतों से भी उम्मीदें रखें। मेरे भी नाती-पोते-पोतियां हैं और उन्हें देखकर मुझे बेहद ख़ुशी मिलती है। मैं उन्हें सिखाता हूं और साथ ही उनसे भी कुछ-न-कुछ सीखता रहता हूं। वे भविष्य की पीढ़ी हैं और जैसा कि कुदरत का नियम है कि हर पीढ़ी पिछली से ज़्यादा होशियार निकलती है ताकि इन्सान प्रगति करता रहे। जब आपके नाती-पोते हो जाएं तो आपको अपने वारिसों को अपनी ज़िम्मेदारियां सौंपने की तैयारी कर लेनी चाहिए ताकि आपको कुछ समय चैन से बिताने का भी मिल सके और आप अपनी कड़ी मेहनत के मीठे फल का स्वाद ले सकें तथा अपनी तीसरी पीढ़ी के नौनिहालों के साथ कुछ मौज़-मस्ती कर सकें।

दुर्भाग्यवश कितने ही बिज़नेसमैन ऐसे होते हैं जो इस आनन्द को भोग नहीं पाते और कइयों को तो अपने नाती-पोतों के नाम तक याद नहीं रहते। ये ऐसे लोग होते हैं जिन्होंने अपने परिवार के सच्चे सुख की क़ीमत पर अपना बिज़नेस साम्राज्य खड़ा किया होता है। ये वे लोग होते हैं जिन्हें अपने आखिरी वक़्त में अपनी सफलता भी राख़ का ढेर लगती है, क्योंकि वे अलग-थलग पड़े होते हैं। ऐसा अपने साथ कभी नहीं घटने दें।

ज़िन्दगी के बारे में एक अच्छी बात यह है कि यह सभी को दूसरा मौक़ा देती है (और तीसरा तथा चौथा भी) बशर्ते हम उन्हें जान पाएं और समय रहते उन्हें झपट भी लें। जो बिज़नेसमैन अपने जीवन के तमाम वर्ष अपना व्यापार साम्राज्य खड़ा करने में बिता देते हैं, उन्हें नाती-पोतों के रूप में दूसरा मौक़ा मिलता है। जो कुछ आप अपने बच्चों को नहीं दे पाए वह अपने नाती-पोतों को देकर नुक़सान की भरपाई करने की कोशिश करें। यूं भी नाना-नानी और दादा-दादी को अपने नाती-पोतों से लगाव होता है क्योंकि दोनों के बीच जनरेशन गैप होता है। इस बीच, वे काफ़ी नरम भी पड़ चुके होते हैं, अपनी ग़लतियों से सीख लेते हैं, अनुभवी बन जाते हैं और ज़िन्दगी के साथ उनका संघर्ष चुक गया होता है।

अपने नाती-पोतों को अपने अनुभवों से सिखाकर, उनके संरक्षक बनकर आप दरअसल, उनके अभिभावकों की ड्यूटी निभाते हैं (जो तब बिज़नेस संभालने में व्यस्त होते हैं) और ऐसा करते समय आप बिज़नेस के

लिए ज़रूरी समय भी नहीं गंवाते। यह आपको ईश्वर की तरफ़ से मिला वह मौक़ा होता है, जब आप बिज़नेस और परिवार को साथ-साथ संभालते हैं। संस्थापक व्यवसायी के रूप में आप अपने नाती-पोतों के लिए जानकारी का ख़ज़ाना होते हैं और वे भी यह समझ पाते हैं कि व्यवसाय की बुनियाद डालने में आपने कया कुछ झोंका था।

यही कारण है कि तीसरी पीढ़ी को व्यवसाय संभालते हुए और उसे फलता-फूलता देखकर ज़रा भी हैरानी नहीं होती। यह तभी सम्भव होता है जब बिज़नेस का संस्थापक अपनी तीसरी पीढ़ी को समय देता है या जहां तीसरी पीढ़ी संस्थापक को उस सूरत में भी सम्मान देती है जबकि वह बिना कुछ सिखाए ही परलोक सिधार गया होता है। इस दूसरी परिस्थिति में संस्थापक दरअसल, अपने बाद अपने उदाहरणों के रूप में अच्छी यादें, अच्छी साख और अच्छी शिक्षा रूपी विरासत छोड़कर जाता है।

यदि आपके विश्वसनीय पारिवारिक सदस्य कुछ ग़लती भी करें तो हमेशा यह याद रखें कि "की फ़रक़ पैंदा" क्योंकि कुछ करने पर ही हम ग़लतियां करते हैं और उन ग़लतियों से ही आगे सीखते भी हैं । यदि हम कुछ करेंगे ही नहीं तो ग़लतियां भी नहीं होंगी, मगर तब कुछ होगा भी नहीं।

आपका कोई भी ख़्वाब एक दिन में पूरा नहीं हो सकता। संवेदनशीलता, बुद्धिमानी और विनम्रता इस राह पर आपके तीन महत्त्वपूर्ण साथी साबित हो सकते हैं।

4. सही उत्तर दें, और प्रतिक्रिया करने से बचें

लम्बे फ्यूज़ को आग दिखाना

जो व्यक्ति अपना ख़ुद का कारोबार शुरू करता है, उसे एक दिन में 48 घंटों की ज़रूरत होती है। साथ ही क़ामयाबी और टिकने के लिए सन्त की-सी सहन-शक्ति, चालू-होशियार क़िस्म के इन्सान की फ़ितरत, माइकेल एंजेलों की भांति रचनात्मकता तथा आइंस्टीन की तरह की प्रतिभा की दरकार होती है। वास्तव में, हम पाते हैं कि संस्थापक उद्यमी एक औसत इन्सान होता है जिसके पास असामान्य ख़्वाब और इस ख़्वाब को साकार करनेवाली दीवानगी-भरी इच्छा-शक्ति होती है।

समय ढूंढ़ने की क़वायद, फाइनेंस की साजो-संभाल, ख़ाक में से कुछ बना डालने की प्रक्रिया तथा पारिवारिक सम्बन्धों की बढ़ती मांगों को पूरा करने के दौरान वह ऐसे किसी भी व्यक्ति पर फट पड़ सकता है जो सबसे क़रीबी है और जिसके प्रतिक्रिया करने की सम्भावना सबसे कम होती है। दबाव पर यह सबसे आम प्रतिक्रिया है। लेकिन जब कभी आप ख़ुद को ऐसी स्थिति में पाएं तो ज़रा ठहरें और विचार करें।

काम में हो रही गड़बड़ी पर अपने परिवार के मासूम सदस्यों पर झुंझलाना बेतुकापन है। इससे आपके बारे में क्या पता चलता है? यही कि

आप बिना विचारे ही प्रतिक्रिया करते हैं। यह उस माचिस की तीली की तरह है जो हलकी-सी ख़रोंच लगने पर ही आग पकड़ लेती है। लेकिन आप तो माचिस की तीली नहीं हैं, बल्कि आप सोच-विचार करनेवाले, तार्किक और समझदार इन्सान हैं जिसके सचेतन मन की टक्कर का कोई और है ही नहीं। हम, मनुष्य अपनी हर भावना पर क़ाबू रख सकते हैं तथा ख़ाक में से भी कुछ बनाकर दिखा सकते हैं, हम अपनी परिस्थितियों से ऊपर उठ सकते हैं और आनेवाले भविष्य का अनुमान लगाकर उसकी योजना तैयार कर सकते हैं। ज़ल्दबाज़ी में प्रतिक्रिया करने की बजाय हमें गुस्से की स्थिति में एक बेहद लम्बी फ्यूज़ तार के बारे में सोचना चाहिए। अपने गुस्से को नियन्त्रण में रखने का यह बढ़िया तरीक़ा है क्योंकि जैसे ही फ्यूज़ आग पकड़ता है, तब हमने भी ख़ुद को नियन्त्रण में करने के लिए ज़रूरी समय दे दिया होता है। इस बीच, उस आग पर पानी डालकर उसे बुझाया जा सकता है। यानी विस्फोट की बजाय शान्ति का विकल्प हमारे हाथ होता है।

गुस्से में हम अपने बच्चों को उल्टी-सीधी बातें कहकर दुख पहुंचाते हैं। मसलन, "मैं तो तुम्हारे से भर पाई," "ऐसे ही रहे तो क्या कर पाओगे?" "मेरा यह बेटा तो इतना मूर्ख है कि मुझे विश्वास ही नहीं होता कि यह मेरा अपना ख़ून है!" "तुम राहुल (या अपनी बहन या फिर पड़ोसी के बेटे) की तरह क्यों नहीं बन सकते," ऐसे कठोर शब्दों के इस्तेमाल से हम बच्चों के स्वाभिमान को ठेस पहुंचाते हैं और बार-बार ऐसा कर हम उसके मन में यह बैठा देते हैं कि वह भी ख़ुद के बारे में यही सोचता है कि "मैं मूर्ख हूं!" यह बच्चे के लिए बड़ी ख़तरनाक स्थिति है क्योंकि तब वह सचमुच बुद्धू ही बनेगा। चूंकि मां-बाप उसे बराबर यही कहते आए हैं, इसलिए वह ख़ुद में सुधार के लिए कोई प्रयास भी नहीं करेगा।

गुस्से में हमारे में से कुछ तो बच्चों को पीटते भी हैं। अलबत्ता, कई समझदार मां-बाप अब यह समझने लगे हैं कि इससे बच्चों को कितना नुक़सान होता है। अब ज़रा कल्पना कीजिए कि जब आप अपने बच्चे को पीट रहे होते हैं उस वक़्त एक वीडियो कैमरा सब-कुछ रिकॉर्ड कर रहा है ताकि बाद में जी टी.वी. या दूरदर्शन पर पूरी दुनिया को आपका कारनामा

दिखाया जा सके। तब आपको कैसा लगेगा? माता-पिताओं से जब यह पूछा गया तो ज़्यादातर ने यह माना कि उन्हें ख़ुद पर शर्म आएगी।

आपका असली रूप वही है जो अंधेरे में या बन्द कमरे में दिखाई पड़ता है। ख़ुद को दूसरों की नज़रों में दयालु, उदार, शान्त, खुशहाल, हंसमुख, दोस्ताना, ईमानदार, परवाह करनेवाला, सत्यवादी और सकारात्मक इन्सान के रूप में पेश करना बहुत आसान होता है। आप असलियत में क्या हैं यह सिर्फ़ क़रीबी पारिवारिक सदस्यों और सम्भवतः घर के नौकरों को ही मालूम होता है। कई लोग दोहरा या बहुमुखी जीवन बिताते हैं और परिस्थितियों के मुताबिक़ ख़ुद को अलग-अलग लोगों के सामने अलग-अलग रूप में प्रस्तुत करते हैं। हम सभी कुछ हद तक मुखौटे पहनते हैं, क्योंकि बड़ा समाज ऐसी मांग करता है। लेकिन आपके परिवारवालों के साथ आपके व्यवहार के ज़रिये उस वक़्त आपका असली रूप प्रकट होगा जब बाहरी दुनिया के दरवाज़े आपने बन्द कर रखे होंगे।

हम अपने गुस्से को कैसे नियन्त्रित करते हैं? सबसे पहले तो यही स्वीकार करें कि यह बदसूरत है, अस्वास्थकर भी और यह भी कि गुस्से में प्रतिक्रिया कर हम अपनी कमज़ोरियों और बुरे व्यवहार को सामने लाते हैं।

जैसा कि कई माता-पिता ने स्वीकार किया है कि असली समस्या यह है कि हम अपने गुस्से पर नियन्त्रण नहीं रख पाते हैं। हम अपना गुस्सा कैसे क़ाबू में रखते हैं? सबसे पहले तो यह मानकर कि गुस्सा बदसूरत होता है, यह स्वीकार कर लें कि यह अस्वस्थ भी होता है और यह कि गुस्से में रिएक्ट करके हम अपनी तमाम कमज़ोरियों तथा बुरे व्यवहार को प्रकट करते हैं। खोट हमारे में होता है न कि हमारे बच्चों में। हम ढेर सारे बहाने भी गढ़ते हैं लेकिन असलियत यह है कि गुस्से को हम ही जन्म देते हैं और उसे नियन्त्रण में भी हमने ही रखना होता है। अगर हम अपने बच्चों को ठेस पहुंचाते हैं या गुस्से में रिएक्ट करते हैं तो हमें उनसे माफ़ी मांगनी चाहिए।

संस्थापक-उद्यमी होने के नाते आपको यह मानकर चलना चाहिए कि शुरू में बहुत-सी गड़बड़ियां होंगी। हो सकता है कि आपके साथ काफ़ी कुछ

ग़लत होता रहे, बशर्ते क़िस्मत की आप पर ख़ास मेहरबानी हो (जो कि हमारे में से अधिकांश पर नहीं होती) ताकि जिस भी डगर पर आप बढ़ें वह सीधी-सरल हो जाए। सच तो यह है कि जो कुछ भी ग़लत होगा, वही आपको सही बात का सबक़ भी पढ़ाएगा – यह ऐसा सबक़ है जो बिना ख़र्च के और बिना समय गंवाए भी सीखा जा सकता है।

अगर आप अपना ख़ुद का बिज़नेस शुरू कर रहे हैं तो जब तक आप अमीर और क़ामयाब होंगे तब तक आप पचास की उम्र पार कर चुके होंगे। शुरुआत में आप इस बात को लेकर आश्वस्त भी नहीं होंगे कि आप सफल होंगे भी या नहीं लेकिन आपकी छठी इन्द्रिय आपसे कहेगी कि आप ज़रूर क़ामयाब होंगे। आपको शुरू से ही सफलता और दौलत संजोकर रखने की तैयारी कर लेनी चाहिए क्योंकि अगर आप ऐसा नहीं करेंगे तो वे सभी समस्याएं आपके सामने ज़रूर सिर उठाएंगी जिनकी चर्चा हम यहां करेंगे।

हम सभी यह जानते हैं कि ज़िन्दगी में आगे बढ़ते हुए हम अपनें कर्मों के फल पाते हैं। हर कर्म का परिणाम भविष्य में दिखाई पड़ता है, कुछेक की भविष्यवाणी हम कर सकते हैं, जबकि कुछ की नहीं कर पाते, कुछ हमें पता होते हैं और कुछ अन्य के बारे में हम जानते ही नहीं। आनेवाले कल का सच आमतौर पर आज के कर्मों का परिणाम ही होता है भले ही वह जानबूझकर किया जाए, हो जाए या फिर सचेतन अथवा अवचेतन अवस्था में हो जाए।

भगवद्गीता का सन्देश यही है। आप आज जो कहते हैं और सोचते हैं वह अच्छे या बुरे रूप में कल सामने आ जाएगा।

आनेवाले कल के सच आज के कर्मों का ही नतीज़ा होते हैं भले ही वे जानबूझकर, सोच-समझकर किए गए हों या अनजाने में।

बिज़नेस में एक बात तय है। आप हरके शुरुआती क़दम का मसलन, आपने अकेले व्यापार शुरू किया है या किसी पार्टनर के साथ, इक्विटी के तौर पर कितना धन लगाया है, कितना क़र्ज़ लिया, किस रेट पर, आपने किस तरह से अपने कर्मचारियों को चुना है, अवसरों को आप

कैसे चुनते हैं स्वीकार करते हैं या अस्वीकृत करते हैं, इन सब का तथा अन्य बहुत-सी बातें ही आगे चलकर यह तय करेंगी कि आप कितने सफल हो सकते हैं। ऐसे हर फ़ैसले का असर आपको बाद में दिखाई देगा।

आपके हर चुनाव के नतीजों को आप आनेवाले समय में महसूस करेंगे। जब मैं व्यापारी वर्ग से मिलता हूं तो सबसे आम परेशानी यहीं सुनने को मिलती है कि "मैंने ऐसा तो नहीं चाहा था।" इसका कारण यही है कि उन्होंने अपने व्यापार के इस पहलू के लिए वाक़ई कोई योजना नहीं बनाई होती! समस्या चाहे कर्मचारियों, वित्त, सप्लायरों को लेकर हो या फिर घरेलू मोर्चे पर हो, योजना का अभाव ही हर तरह की समस्या का मुख्य कारण होता है।

प्राय: बिज़नेसमैन का लेखा–जोखा अधूरा–सा होता है जो इनकम टैक्सवालों को उलझाने के लिए ऐसा बनाया जाता है मगर वह मैनेजमेंट की प्रक्रिया को ही उलझाता है।

अति गोपनीयता बरतना ज़रूरी नहीं

जब आप ढेर सारी दौलत कमाने लगते हैं (शायद आपके जीवन में यह पहला मौक़ा होता है), तब आप अन्धविश्वासी और कुछ-कुछ छिपाऊ प्रवृत्ति के भी हो जाते हैं। आप असली आंकड़ों को छिपाने की कोशिश करते हैं, क्योंकि आप उन्हें अपने कर्मचारियों या परिवार तक के साथ बांटने से भी डरते हैं। नतीजतन, परिवार और कर्मचारी, दोनों ही कुहासे भरे माहौल में काम करते हैं, कांट-छांट करते हुए, गतिशील निर्णय प्रक्रिया के अभाव को झेलते हुए जिससे कुल-मिलाकर कार्य-कुशलता पर असर पड़ता है। व्यापारी का एकाउंटिंग सिस्टम, जो इनकम टैक्स अधिकारियों को भरमाने के इरादे से अस्पष्ट-सा होता है, नाकाफ़ी बना रहता है और आख़िरकार मैनेजमेंट प्रक्रिया को भी भ्रमित करता है।

वास्तव में, आपके बिज़नेस के लिए ख़ासतौर पर तैयार किया गया एक अच्छा एकाउंटिंग सिस्टम मैनेजमेंट और शिक्षा का शानदार औज़ार साबित हो सकता है। शुरुआती वर्षों में एक योग्य एकाउंटेंट आपका सर्वोत्तम निवेश

साबित हो सकता है जो रुपये-पैसे सम्बन्धी चुनींदा तथ्यों का सही वक़्त पर सही मात्रा में ख़ुलासा करता है। इससे कर्मचारियों को दिशा-बोध के साथ-साथ यह पता रहता है कि ख़र्च घटाने के लिए क्या करना ज़रूरी है, कार्य-क्षमता में सुधार के लिए क्या किया जाए और लम्बे समय के लिए लाभ कमाने की दृष्टि से कैसा निवेश किया जाए।

अगर आप सभी तथ्यों को ख़ुद तक ही सीमित रखेंगे तो आप बेशक़ अधिक स्मार्ट बन जाएंगे मगर आपके कर्मचारी, बुद्धू ही बने रहेंगे क्योंकि उन्हें यह बताया ही नहीं गया कि उनका काम कितना कमाऊ है। हो सकता है कि थोड़े समय के बाद वे आपका काम इसलिए छोड़ जाएं क्योंकि इसमें उन्हें अपना भविष्य अन्धकारमय लगने लगे और उनकी इस सोच का कारण यह होता है कि उन्हें यही बताया गया होता है कि आपका धन्धा अच्छा नहीं चल रहा। उन्हें सही जानकारी इसलिए नहीं दी जाती क्योंकि आप डरते हैं कि कहीं वे तनख़्वाह बढ़ाने या बोनस के लिए दबाव न डालने लगें।

अपने परिवार के साथ बांटें अपनी सफलताएं

यदि आप अपने परिवार के साथ अपनी सफलता बांटेंगे तो उन्हें आपके बारे में थोड़ी-बहुत जानकारी मिलेगी और साथ ही वे आप पर गर्व भी करेंगे। आपके बच्चे व्यापार में आपके साथ मिलकर हाथ बंटाना चाहेंगे, क्योंकि उन्होंने आपको संघर्ष करते और विजेता के रूप में उभरते हुए देखा है। उन्हें ज़िम्मेदारी का भी बोध होगा और वे अपने योगदान से आपके बिज़नेस को और सफल बनाने की भी कोशिश करेंगे।

यह भी सम्भव है कि आपके परिवार के कुछ सदस्य आपके बिज़नेस के बोर्ड ऑफ़ डायरेक्टर्स में शामिल हों । हो सकता है कि आपके पति या पत्नी, भाई-बहन या बच्चे बोर्ड में शामिल हों, मगर क्या वे वाक़ई कामकाजी डायरेक्टर होते हैं? ज़्यादातर मामलों में ऐसा नहीं होता क्योंकि बतौर संस्थापक-व्यवसायी शायद आप फ़ैसला लेने सम्बन्धी तमाम शक्तियों को ख़ुद तक ही सीमित रखते हैं और बोर्ड ऑफ़ डायरेक्टर्स तो महज़ काग़ज़ी कार्यवाही पूरी करने के लिए होता है।

इसका मतलब यह हुआ कि बिज़नेस में आपको किसी पर भरोसा नहीं है, आप किसी को नहीं समझना चाहते और न ही अपने आसपास कोई पार्टनर रखना चाहते हैं। ईश्वर न करे, अगर ऐसे में आपके साथ कोई हादसा घट गया और आप मर गए तो? आख़िर कोई भी व्यक्ति ज़िन्दगी की गारंटी के साथ तो पैदा नहीं होता न!

अगर आपको वाक़ई अपने कारोबार और परिवार की चिन्ता है तो यह ज़रूरी है कि आप दूसरी पंक्ति की रक्षा टुकड़ी भी तैयार करें ताकि अगर आप गिर पड़ें तो कमान संभालनेवाला कोई तो हो। सभी महत्त्वपूर्ण संगठनों में आप पाएंगे कि हर स्तर पर दूसरी पंक्ति के मैनेजर मौजूद रहते हैं। दूसरी पंक्ति के ये मैनेजर बीमारी या अन्य इमरजेंसी में अपने बॉस की ज़िम्मेदारियों को आसानी से संभाल लेते हैं। यही ठोस नियोजन कहलाता है। मैं जानता हूं कि आप अपनी कम्पनी के फाउंडर हैं और आप ही हैं जिसे अपने बिज़नेस की हर बात की जानकारी है, लेकिन क्या आपको नहीं लगता कि अब आपको अपने विश्वासपात्र लेफ़्टिनेंट तैयार कर लेने चाहिए, भले ही वह कोई कर्मचारी हो या परिवार का सदस्य जो कभी-कभार ही सही आपके काम को संभाल सके?

इस तरह आपको यह भी समझ आने लगेगा कि जिन लोगों को आपने अपने कारोबार को संभालने की ट्रेनिंग दी है वे कितनी अच्छी तरह से (या बुरे तरीक़े से) आपके कारोबार को चलाएंगे। अगर आपको अपनी पत्नी, बेटे, भाई या फिर मुंशीजी पर ही भरोसा है तो आप पाएंगे कि आपके पास अन्य महत्त्वपूर्ण मसलों पर भी ध्यान देने के लिए समय रहता है। आपको यह भी पता चलेगा कि दूसरों पर भरोसा करने से आपको भी बदले में निष्ठा, रचनात्मकता और दूसरे ईमानदारी से किए गए प्रयासों के परिणाम मिलेंगे, जिनसे आपका बिज़नेस बेहतर बनेगा।

अगर आप वास्तव में अपने बिज़नेस और परिवार की परवाह करते हैं तो यह ज़रूरी है कि आप दूसरी पंक्ति की रक्षा प्रणाली भी तैयार करें, ताकि आपके गिरने पर वह कमान संभाल सके।

अपने वारिस की ट्रेनिंग कम उम्र में ही शुरू करें

फ़ैमिली बिज़नेस आमतौर पर संस्थापक के बाद भी कई पीढ़ियों तक क़ायम रहते हैं। इसका मतलब यह है कि जिस वक़्त किसी कारोबार की पूरी ज़िम्मेदारी एक प्रेजीडेंट या चेयरमैन पर होती है, उस वक़्त भी दो अन्य लोगों को इस दायित्व को संभालने के लिए तैयार किया जा रहा होता है।

युवा प्रिया पॉल का ही उदाहरण लें जो नई दिल्ली के पार्क होटल को चलाती हैं। उनकी उम्र का तीसरा दशक अभी पूरा भी नहीं हुआ था कि उनके पिता की अचानक मृत्यु हो गई। प्रिया ने इस दुखद परिस्थिति में रोने-बिलखने की बजाय पिता के कारोबार को संभालने के लिए कमर कस ली। उन्होंने उस बिज़नेस का अध्यक्ष पद संभाल लिया जिसकी ए बी सी भी वे नहीं समझती थीं। प्रिया की क़िस्मत भी अच्छी थी कि अपने हौंसले और बुलन्द इरादों की बदौलत उन्होंने जल्द ही बिज़नेस को क़ामयाबी की राह पर डाल दिया।

लेकिन सभी वारिस प्रिया की तरह नहीं होते। सच तो यह है कि दौलत और सुविधा के माहौल में पले-बढ़े ज़्यादातर बच्चों में तो व्यापार चलाने के लिए ज़रूरी अनुशासन का भी अभाव होता है। इसलिए शुरू से ही उन्हें बेहद सावधानी से व्यापार के क़ाबिल बनाने की तैयारी करते रहनी चाहिए।

ज़रूरी नहीं कि आप इतने भाग्यशाली हों कि बतौर संस्थापक-बिज़नेसमैन आपके एक या दो ऐसे बच्चे हों जो बड़े होने पर आपका कारोबार संभालना चाहें। वे अपना अलग कैरियर बनाने की भी चाह रख सकते हैं। हो सकता है कि वे आर्टिस्ट बनना चाहें या फिर टीचर अथवा वकील-डॉक्टर बनने का ख़्वाब संजो लें।

इसलिए आपको अपनी इच्छा उन पर थोपे बग़ैर शुरू से ही उन्हें अपने बिज़नेस के आकर्षक पहलुओं से वाक़िफ़ कराना होता है। तब हो सकता है कि कोई एक आपके कारोबार में दिलचस्पी लेने लगे और उसकी उन जटिलताओं तथा गुत्थियों को भी समझना चाहे जो बिज़नेस चलाने के लिए

ज़रूरी हैं। इसलिए यदि आपके बच्चे आपके काम में रुचि नहीं ले रहे हों तो गुस्साने की बजाय उन्हें बताने की कोशिश करें कि आपका कारोबार कितना मज़ेदार है।

मैं आपको एक पारम्परिक बनिया व्यापारी परिवार अर्थात गोयल परिवार के बारे में बताता हूं।

मथुरा निवासी मोतीलाल गोयल ने अपने छोटे बेटे श्याम सुन्दर के लन्दन से कैमिकल इंजीनियर की डिग्री लेकर लौटने पर मोतीलाल पेस्टीसाइड्स (इंडिया) प्राइवेट लिमिटेड की स्थापना की। सबसे छोटे बेटे विष्णु प्रसाद ने एग्रीकल्चर में बी.एस.सी. करने के बाद माइनिंग के काम में दिलचस्पी दिखाई और वह राजस्थान में अयस्कों के कारोबार से जुड़ गया। सबसे बड़े बेटे मनोहर लाल को भी नए व्यापार में शामिल कर लिया गया तथा कुछ वर्षों बाद विष्णु प्रसाद भी पारिवारिक व्यवसाय से जुड़ गया।

यह एक पारम्परिक बनिया परिवार की दास्तान है जो बरसों पुरानी रवायत के मुताबिक़ व्यापार में लगा हुआ है। लेकिन इस बनिया परिवार ने दूसरे बनिया परिवारों से अलग जाकर शिक्षा के महत्त्व को स्वीकारा। परिवार के तीनों भाइयों को अच्छी शिक्षा दिलाई गई – यहां तक कि मथुरा में ऊंची शिक्षा के अवसरों की कमी के चलते तीनों भाइयों को बोर्डिंग स्कूलों में पढ़ने भेजा गया। 1975 में यह परिवार बेहतर अवसर की तलाश में दिल्ली आ गया और यहां अपना काम जमाया।

अब विष्णु के बेटे विकास का मामला लें जिसे लखनऊ के कॉल्विन तालुक़ेदार कॉलेज (एक अच्छा हाई स्कूल) में और फिर मसूरी में अमेरिकी संस्कृति की तर्ज पर चलाए जा रहे वुडस्टॉक इंटरनेशनल स्कूल में पढ़ने भेजा गया।

विकास पुराने दिनों को याद करते हुए बताता है कि उसके पिता अकसर टूर पर रहते थे और वह उनसे बहुत कम मिल पाता था। ऐसा तो तब था जब साल-भर में सिर्फ़ गर्मियों और सर्दियों की छुट्टियों में ही घर आने का मौक़ा मिलता था। मेरी मां की ज़िद थी कि मैं वुडस्टॉक में पढ़ूं।

मेरे कज़न उसी स्कूल में ठीक-ठाक पढ़ रहे थे। हालांकि मेरे पिता इस बारे में बहुत उत्सुक नहीं थे मगर मेरी मां चाहती थी कि मुझे यह एक्सपोज़र मिले।

घर के पारम्परिक माहौल और स्कूल के अमेरिकी वातावरण के चलते शुरुआत में कुछ दिककतें आईं मगर विकास का कहना है कि "मुझे यह समझते देर नहीं लगी कि मेरी अपनी संस्कृति और परम्पराएं अधिक सार्थक हैं, कम-से-कम मेरे सन्दर्भ में तो ऐसा ही था।"

स्कूली दिनों में विकास होटल मैनेजमेंट करना चाहता था जो 1990 के दशक में काफ़ी लोकप्रिय कैरियर समझा जाता था। यही वह समय था जब उसने अपने पिता के ज़बरदस्त दबाव को पहली बार महसूस किया। दोनों के बीच बेशक़ संवाद की स्थिति बहुत अच्छी नहीं थी (क्योंकि काम के सिलसिले में उसके पिता अकसर दूर पर रहते थे) लेकिन विकास ने महसूस किया कि उसके पिता ने उसके भविष्य के बारे में बहुत कुछ सोच रखा था। फिर भी वह अपनी बात पर अड़ा रहा।

"लेकिन कॉलेज से बी. कॉम पूरा कर चुकने तक मैं कुछ समझदार हो चला था । लिहाज़ा मैंने घरवालों की बात मानकर परिवार के कारोबार को ही अपनाने का मन बना लिया। मैं कॉलेज में पढ़ाई के दौरान ही पिता के ऑफ़िस भी जाने लगा था और जल्द ही मैंने अपने लिए एक अलग जगह भी बना ली। पिता ने मेरे काम में रोक-टोक नहीं की और मुझे ख़ुद ही काम को समझने का मौक़ा दिया। मुझे लगा कि हमें कैमिकलों के छिड़काव के लिए अपने ही उपकरण भी तैयार करने चाहिए। यह काम हमारे मूल कारोबार का विस्तार ही था। मैंने मार्केट का सर्वे किया और मुझे लगा कि इस काम में काफ़ी सम्भावनाएं हैं। अब हमारी कम्पनी का अच्छा-ख़ासा विभाग है और इस बिज़नेस में अपने प्रतियोगियों की तुलना में हमें सर्वश्रेष्ठ माना जाता है।"

वुडस्टॉक में मिले खुलेपन के चलते क्या विकास को कभी यह महसूस हुआ कि उसे अपना जीवनसाथी ख़ुद चुनना चाहिए! क़तई नहीं? विकास का कहना है कि परिवारवालों द्वारा चुनी लड़की उसकी नज़रों में परफ़ेक्ट है

और इस आकर्षक युवा दम्पत्ति के अब दो नन्हे-मुन्ने बच्चे भी हैं।

कारोबार अच्छा चल रहा है। बेशक़ देश में सर्वश्रेष्ठ नहीं है मगर देश के नामी और श्रेष्ठ उत्पादों में उनका उत्पाद भी शुमार है। परिवार द्वारा पोषित मूल्य बिज़नेस में भी उत्पाद की क्वालिटी, ग्राहक की सन्तुष्टि और प्रतियोगी माहौल में ईमानदारी तथा मेहनत के दम पर टिके रहने की कोशिश के रूप में झलकते हैं।

परम्पराओं के प्रति ईमानदारी बरतते हुए विकास नई पीढ़ी के उन बदलावों को भी ला रहा है जो आपके मुश्किल हालात में ज़रूरी हैं। सिर्फ़ कैमिकल (पेस्टीसाइड) बेचने की बजाय विकास ने अपने बिज़नेस को मार्केट की ज़रूरतों और मांग के मुताबिक़ ढालते हुए उसे अधिक प्रतियोगी बनाया है। लेकिन जिस एक पक्ष पर वह समझौता नहीं करेगा, वह है – क्वालिटी क्योंकि इस परिवार को अपने प्रोडक्ट की क्वालिटी को लेकर बेहद गर्व है। "कुछ ही वर्षों में मैं और ज़्यादा ज़िम्मेदारियां संभालने लगूंगा। हालांकि अब भी मेरे पिता को मुझ पर बहुत भरोसा है, लेकिन उन्हें लगता है कि मुझे अभी और सीखने की ज़रूरत है।"

मोतीलाल पेस्टीसाइड्स (इंडिया) प्राइवेट लिमिटेड एक पारम्परिक भारतीय पारिवारिक कारोबार है। सभी प्रमुख मैनेजमेंट पदों पर परिवार के लोग ही हैं। वे यही पसन्द भी करते हैं, अगली पीढ़ी को व्यवसाय के गुर सिखाते हुए उन्हें एक्सपोज़र के साथ-साथ साक्षात अनुभव भी दिलाना। अपने असरदार अमेरिकी उच्चारण के बावजूद विकास की जड़ें पूरी तरह भारतीय हैं और उसे अपनी विरासत पर गर्व भी है। वह हंसी-मज़ाक़ करनेवाला और देखने में आधुनिक मगर मूल्यों के मामले में पारम्परिक, ऊंचे सिद्धान्तोंवाला और पारिवारिक इन्सान है। यानी उसमें सारे जहां की अच्छाइयां समाई हैं।

विष्णु प्रसाद ने विदेश जाने की अपने बेटे की ख़्वाहिश को समझा और इस बीच उसे फ़ैमिली बिज़नेस को समझने का भी मौक़ा दिया। उन्होंने गुस्से से तो नहीं मगर सख़्ती से काम लिया। विकास भी यह मानता है कि उसके भविष्य को लेकर पिता हमेशा ही बेहद सतर्क रहे हैं। बदले में विकास ने भी

ज़िम्मेदारी और समझदारी का परिचय दिया। उसने समय आने पर परिवार के बिज़नेस में हाथ बंटाना शुरू किया। थोड़ी-बहुत छूट के चलते उसने अपना कारोबार फैलाया, नया विभाग भी जोड़ा और उसे सफल बनाने के लिए जी-जान से मेहनत भी की। शादी की उम्र होने पर भी उसने समझदारी दिखाई और परिवार की पसन्द को स्वीकार किया। अब उसके घरवालों का उसके ससुरालवालों के साथ अच्छा-ख़ासा सम्बन्ध भी है क्योंकि दोनों का जुड़ाव आपसी रज़ामन्दी से जो हुआ था।

आपको अपने बच्चों को ज़िम्मेदार नागरिक बनाने के लिए उन्हें उन्हीं के अनुसार ढालना होगा। उन्हें अच्छी शिक्षा और सीखने के ठोस अवसर दें । बहुत कम उम्र में ही उन्हें आज़ादी दें और ज़िम्मेदारी का बोझ भी डालें।

5. कोई भी 10 बटा 10 नहीं होता

अपने बच्चों को सिखाएं कि मछली कैसे पकड़ी जाती है

अपने ख़ून-पसीने और आंसुओं के बल पर एक क़ामयाब बिज़नेस स्थापित करने के बाद आपको लम्बे समय को ध्यान में रखते हुए ऐसी योजना बनानी होती है जो आपकी मेहनत से जुटाई जीत के साथ न्याय कर सके। आपकी उम्मीद बच्चों पर टिकी होती है। आपको, जब कभी सम्भव हो सके, उनकी दिलचस्पियों, रुझनों और कौशल के बारे में पता लगाना चाहिए। इस मामले में आपके पति या पत्नी मददगार साबित हो सकते हैं। बेशक़ आपके बच्चों को अपना भाग्य तय करने का हक़ होता है मगर सही शिक्षा मिलने पर इस बात की सम्भावना है कि उनमें से कोई एक तो आपके कारोबार को अवश्य संभालेगा।

आपके बच्चे बड़े होकर कैसे बनेंगे इस बात की कोई गारंटी नहीं है लेकिन बतौर माता-पिता और बिज़नेसमैन आपको शुरू से ही कुछ ऐसा करने की ज़रूरत होती है जिससे यह सुनिश्चित हो सके कि आपका बिज़नेस परिवार में ही बना रहे।

यह ज़रूरी नहीं कि आपके सभी बच्चों में बराबर की योग्यता, प्रतिभा और कौशल हो। एक ज़िम्मेदार माता-पिता होने के नाते आपको यह सुनिश्चित करना होगा कि उन्हें भविष्य की ठोस बुनियाद के लिए बेहतरीन

शिक्षा मिले। आप उनके लिए प्राइमरी स्तर पर भी जो स्कूल चुनते हैं, वह महत्त्वपूर्ण होता है। यह मत भूलें कि आपके बच्चे अपने बचपन का ज़्यादातर समय इसी स्कूल में बिताएंगे भले ही उसका माहौल गन्दा हो या अच्छा वहां दोस्त-मंडली का दबाव होगा, सामाजिक दायरा होगा, पढ़ाने के तौर-तरीक़े होंगे और ये सब मिलकर ही तय करेंगे कि आपके बच्चे भविष्य में कैसे बनेंगे। अगर आपके घर का माहौल ज़्यादा प्रभावी नहीं हुआ तो बच्चे स्कूल से ग़लत आदतें भी सीख सकते हैं।

दुर्भाग्यवश, नई दिल्ली के कुछ जाने-माने उन स्कूलों की साख अब अच्छी नहीं रही है जहां अमीरों के बच्चे पढ़ने आते हैं। लेकिन इसका मतलब यह नहीं होता कि यहां से पढ़कर निकले हर बच्चे की आदतें ख़राब होती हैं। सच तो बस इतना ही है कि इन स्कूलों में वे बच्चे भी होते हैं जिन्हें मां-बाप ने बिगाड़ा होता है, जिन्हें फ़िज़ूल ख़र्च, ग़ैर-ज़िम्मेदार बनाने के साथ-साथ फ़ालतू क़िस्म की गतिविधियों में सक्रिय रहने की भी इजाज़त मिली होती है, लेकिन यदि घर का माहौल सुरक्षित और प्रेमपूर्ण होता है जहां अनुशासन तो है मगर विचार-विमर्श के स्तर पर खुलापन भी है तो बच्चे अपने साथियों के दबाव के आगे कभी नहीं झुकेंगे। बहुत-से बच्चे दोस्तों के कहने पर सिगरेट, ड्रग्स और शराब का स्वाद लेने लगते हैं क्योंकि यही इन दिनों 'चलन' में भी है।

अगर घर का माहौल इतना स्वस्थ है जिसमें बच्चे अपनी आशंकाओं और भावनाओं को माता-पिता या किसी अन्य बड़े व्यक्ति के सामने व्यक्त कर सकते हैं, वहां समस्याओं पर शुरुआत में ही क़ाबू पाया जा सकता है और इस तरह बाद में स्थिति को विकराल रूप लेने से बचा जा सकता है।

यदि घर का माहौल सुरक्षित और प्रेमपूर्ण है जहां अनुशासन तो है मगर विचार-विमर्श के स्तर पर खुलापन भी है तो बच्चे अपने साथियों के दबाव के आगे झुकेंगे नहीं।

बच्चों को ज़िम्मेदारीपूर्ण व्यवहार करना सिखलाना मां-बाप का ही फ़र्ज़ है। मैंने ज़्यादातर मामलों में देखा है कि जिस अमीर मां-बाप ने संघर्ष का दौर झेला होता है, वह कहता है, "मेरे बच्चों को वे सब दिन नहीं देखने पड़ें

जो मैंने देखे थे। उन्हें वे सब चीज़ें मिलनी चाहिए जो बचपन में मुझे नहीं मिली थीं।" यह ग़लत भी नहीं है। हम सभी अपने बच्चों को अच्छे-से-अच्छा उपलब्ध कराना चाहते हैं।

परन्तु बच्चों को बेहिसाब देते चले जाने से, मसलन छोटे बच्चों के महंगे खिलौने, इम्पोर्टेड चॉकलेट और कुछ बड़े बच्चों को महंगे उपकरण जैसे फैंसी कारें बतौर पॉकेट मनी ढेर सारा कैश वगैरह, देर रात तक घर से बाहर रहने की इजाज़त देकर आप किसकी इच्छाएं पूरी कर रहे होते हैं। दरअसल, आप ख़ुद की इच्छाएं पूरी करते हैं उन्हें वह सब उपलब्ध कराकर जो आपको नहीं मिला होता, ऐसा करके आप ख़ुद ही अपने बच्चे की ज़िम्मेदार व्यस्क बनने की सम्भावना को रौंद रहे होते हैं।

घर का स्वस्थ माहौल जिसमें बच्चे अपनी आशंकाओं और भावनाओं को पेरेंट्स या घर के किसी बड़े सदस्य के साथ बांट सकते हैं,शुरुआत में ही स्थिति को क़ाबू में कर लेगा और बाद में स्थिति को बिगड़ने से रोक सकता है।

मुझे पूरा भरोसा है कि अब आपको व्यवसायी घरों की आम समस्याएं समझ आ गई होंगी। आपने अपने आसपास भी यह सब देखा होगा तथा लाड़-प्यार से बिगड़े उस किशोर के बारे में भी सुना होगा जो देर रात नशे में धुत्त होकर ड्राइविंग करते हुए मासूम लोगों को अपने वाहन से रौंद डालता है।

आपके बच्चे आपके लिए सबसे क़ीमती होते हैं। उन्हें पालें-पोसें, उनका मार्गदर्शन करें तथा भरपूर प्यार दें। इससे भी ज़रूरी यह है कि उन्हें अच्छा इन्सान बनना सिखाएं ताकि वे समाज में सम्मानजनक स्थिति में रहते हुए उसमें अपना योगदान भी दे सकें।

आपको अपने बच्चों को सिखाना होगा कि मछली कैसे पकड़ी जाती है। इस बात को बेहतर ढंग से समझाने के लिए मैं आपको एक कहानी सुनाता हूं।

एक बार की बात है। एक मछुआरे ने नौसिखिए के तौर पर काम शुरू किया। वह दूसरे मछुआरों की नौकाओं में बैठकर जाता और उनकी

सहायता करता। कभी वह मछली पकड़ने के जालों की साज-संभाल करता तो कभी नाव की मरम्मत। वह पतवार खेता और मछली पकड़ता। वह मेहनती था और इसी मेहनत के बूते उसने जल्दी ही अपनी एक नाव ले ली। कुछ वर्षों में उसके पास कई नावें हो गई। वह एक क़ामयाब और अमीर मछुआरा बन गया। उसके बच्चे गांव के स्कूल में पढ़ने के लिए जाने लगे। लेकिन उन्हें रेत और पानी में खेलना ज़्यादा अच्छा लगता है लिहाज़ा कुछ ही समय बाद उन्होंने पढ़ना छोड़ दिया। घर में इतना कुछ खाने-पीने को हमेशा रहता था कि उन्हें कोई चिन्ता नहीं थी। एक रोज़ मछुआरे को दिल का दौरा पड़ा और वह भगवान को प्यारा हो गया। उसके बच्चों को मछलियों के बारे में तो बहुत कुछ पता था, मगर यह पता नहीं था कि उन्हें पकड़ते कैसे हैं। नतीजा यह हुआ कि थोड़े ही समय बाद पिता का कारोबार डूब गया और वे ग़रीब हो गए। दरअसल, मछुआरे से चूक यह हुई कि उसने बच्चों को मछली पकड़ना नहीं सिखाया।

अपने बच्चों को यह अहसास नहीं होने दें कि पैसा ए टी एम बूथों से अपने-आप आता है या हर सुविधा मुफ़्त में मिलती है। आपको यह जानकर हैरानी होगी कि समाज में कितने ही बच्चे ऐसे हैं जो बड़े होने पर भी इसी भ्रम में रहते हैं कि उनकी दौलत हमेशा बनी रहेगी । जब तक हम जवान होते हैं तो शायद ही कभी मौत के बारे में विचार करते हुए सोचते हैं कि यह कभी हमें या हमारे मां-बाप को अपनी गोद में ले लेगी। बच्चों को सीधी-सहज भाषा में यह बताया जाना ज़रूरी है कि जीवित रहने के लिए क्या-क्या ज़रूरी है।

आपका जीवन, आपकी दौलत और आपकी मौजूदा सुरक्षा कोई अन्तहीन कुआं नहीं है जिसे आपके बच्चे मन-मुताबिक़ चीज़ें पाने के लिए हमेशा खोद सकते हैं।

आपके बच्चे परफ़ेक्ट हों यह नामुमकिन है क्योंकि कोई भी परफ़ेक्ट नहीं होता, परन्तु हम अपने प्रयासों से उनके अंक बढ़ाने के उपाय तो कर ही सकते हैं। उन्हें दिमाग़ी रूप से अंक देना शुरू करें। अगर आप अच्छे

संरक्षक हैं तो आपको इस बात का सन्तोष होगा कि बड़े होने तक आपके बच्चे 7 या 8 अंक जुटा ही लेंगे। आप ऐसा कैसे कर पाते हैं?

अपने बच्चों को असलियत से परिचित कराएं

बहुत से बिज़नेस घरानों में बच्चों को बेहद नाज़ुक अन्दाज़ में इस तरह पाला जाता है जैसे कि वे मोम से बने हों और धूप में पिघल जाएंगे। लड़कों को तो नन्हें युवराज की तरह पाला जाता है जिनकी हर फ़रमाइश तुरन्त पूरी की जाती है जब तक वे यह नहीं सीख लेते कि उन्हें हमेशा वह मिलता रहेगा जिसकी मांग वे करेंगे। इसी तरह छोटी बच्चियों को भी राजकुमारी की तरह पाला जाता है जिनके आस-पास नौकर-चाकर घूमते हैं जो उन्हें खिलाते-पिलाते, खिलौनों से बहलाते और दुलारते रहते हैं। इन बच्चों के चारों तरफ़ इस प्रकार घेराबन्दी कर दी जाती है कि अपने घरों के बाहर की दुनिया की झलक उन्हें शायद ही कभी मिल पाती है। एयर-कंडीशनर लगे घरों से ऐसी ही सुविधायुक्त टिटिंड शीशोंवाली गाड़ियों में बैठकर अपने जैसे ही रईस घरों में आयोजित पार्टियों में आने-जानेवाले इन बच्चों का जब जीवन की सच्चाइयों से वास्ता पड़ता है तो ये भौंचक्क रह जाते हैं।

शायद आपने अपने बच्चों के लिए भरपूर सुरक्षा नहीं जुटाई हो। लेकिन क्या वे यह समझने लायक बन पाए हैं कि हर चीज़ सीमित होती है। आपका जीवन, आपकी दौलत, उनकी मौजूदा सुरक्षा भी कोई अन्तहीन कुआं नहीं है जिसे हमेशा खोदा जा सकता है।

हममें से कोई भी परफ़ेक्ट नहीं होता। इसलिए इस बात को लेकर चिन्तित होने की कोई ज़रूरत नहीं है कि आपने बच्चों के पालन-पोषण के दौरान कोई ग़लती की है। सच तो यह है कि परफ़ेक्ट बच्चे बनाने का कोई परफ़ेक्ट फ़ार्मूला नहीं होता। हम तो सिर्फ़ अच्छे-से-अच्छे प्रयास ही कर सकते हैं। हम अपनी और दूसरों की ग़लतियों से सीख सकते हैं, और सफलताओं से भी । बच्चों के लालन-पालन के दौरान हमारे में से ज़्यादातर लोग अपने भीतर की आवाज़ को सुनते हैं क्योंकि हममें से किसी को भी अच्छे माता-पिता बनने के फ़ार्मूले की औपचारिक ट्रेनिंग नहीं दी गई होती।

हममें से ज़्यादातर लोग वही करते हैं जो उस वक़्त हमारे माता-पिता किया करते थे जबकि हम छोटे थे और यही कारण है कि बहुत से परिवार 'पारिवारिक परम्परा' को दर्शाते हैं। सच तो यह है कि बहुत से मामलों में यह तरीक़ा क़ामयाब भी हो जाता है। फ़र्क़ सिर्फ़ इतना पड़ता है कि हर पीढ़ी अपने समय और माहौल के अनुसार इसमें थोड़े-बहुत परिवर्तन करती है। और आमतौर पर इसी मोड़ पर आकर ग़लतियां होती हैं, ख़ासतौर पर पहली पीढ़ी के व्यापारिक परिवारों में। इन नए बदलावों को अपनाने के कोई निश्चित मापदंड नहीं हैं।

अब शिक्षा जैसे बुनियादी क्षेत्र का ही उदाहरण लें। हो सकता है कि आपको अच्छी शिक्षा मिली हो मगर तबसे अब तक समय काफ़ी बदल चुका है। आज जो अवसर उपलब्ध हैं, वे दस वर्ष पहले नहीं थे और शिक्षा तक में कई चीज़ें पूरी तरह समाप्त होती जा रही हैं। हमारे समय बी.ए. की डिग्री का भी अच्छा-ख़ासा महत्त्व था। लेकिन आज इसे कोई पूछता तक नहीं है। हमारे सामने अपने कैरियर के मामले में बहुत कम विकल्प ही मौजूद थे और हम ले-देकर इंजीनियरिंग, डॉक्टरी, क़ानून, बिज़नेस मैनेजमेंट तथा प्रशासनिक सेवाओं के बारे में ही सोच पाते थे। लेकिन आज हमारे बच्चे कई तरह के कैरियर चुन सकते हैं। सच तो यह है कि अब इतने ढेर सारे विकल्प मौजूद हैं कि शिक्षा के क्षेत्र में 'काउंसिलिंग' ज़रूरी हो गई और यह भी अपने-आप में कैरियर का एक विकल्प है।

स्कूलों-कॉलेजों में हमारे बच्चों का सामाजिक कौशल तथा व्यवहार के मामले में कई सम्भावनाओं से सामना होता है। मनोरंजन भी अब एक अच्छा-ख़ासा व्यापार हो गया है और इसकी मार्केटिंग का एक लक्ष्य-समूह बच्चे भी हैं। 'जब तक वे छोटे हैं तभी उन्हें अपनी गिरफ़्त में ले लें' – यही आज के मार्केट का गुरुमन्त्र है। ऐसे में उस वक़्त आप पर क्या बीतती होगी जब आपकी 15 साल की बेटी आपको बताती है कि उसके क्लासमेट्स डिस्को में जा रहे हैं और ख़ुद वह इस मौक़े को मिस नहीं करना चाहती? या फिर आपका वास्ता अपने उस 18 वर्षीय बेटे से पड़ता है जिसे अभी से अपना वाहन चाहिए। क्या आप उनके आगे झुक जाते हैं, या ख़ुद को किसी

तरह बचा लेते हैं अथवा ऐसे बच्चों पर झल्लाते हैं? यह कोई आसान खेल नहीं है। दरअसल, बच्चे पालना दुनिया की सबसे मुश्किल चुनौतियों में से एक है।

ख़ुशहाल वक़्त जुटाएं

आपको एक ज़रूरी काम यह करना चाहिए कि पूरे परिवार के लिए अनुशासन सम्बन्धी कुछ नियम-क़ायदे बनाने चाहिए। ये नियम सभी पर लागू हों मगर बहुत कड़ाई भी न बरती जाए। मसलन, पूरे परिवार को दिन में कम-से-कम एक वक़्त का खाना साथ बैठकर खाना चाहिए। आमतौर पर यह डिनर के समय ही सम्भव है जबकि परिवार के सभी सदस्य घर लौट चुके होते हैं। इस तरह के पारिवारिक मेल-मिलाप को रेगुलर बनाएं। कोशिश करें कि भोजन का समय ख़ुशनुमा, हल्का-फुल्का और तनाव-रहित हो। इस समय का इस्तेमाल बच्चों की दिन-भर की गतिविधियों को जानने के लिए भी करें ताकि आपको जानकारी रहे कि उनकी रोज़-ब-रोज़ की ज़िन्दगी में क्या कुछ चल रहा है। अकसर हम बच्चों के बारे में जानकारी नहीं रख पाते और फिर एक समय ऐसा भी आता है जबकि ऐसा करना वाक़ई कठिन हो जाता है।

इस बात से शुरुआत करें कि आप ही की तरह आपके बच्चे भी परफ़ेक्ट नहीं हैं। जिस तरह आप ग़लतियां करते आए हैं उसी तरह वे भी ग़लतियां करेंगे और वे ही नहीं हर पीढ़ी ऐसा किया करेगी। किसी भी ग़लती को बड़ा मुद्दा मत बनाएं, ख़ासतौर पर खाना खाते समय तो क़तई नहीं। हर रोज़ डिनर टाइम को यादगार बनाएं, ताकि आपके बच्चे आपकी विनम्रता, अनुभव और उनके प्रति सच्ची दिलचस्पी को साक्षात देखकर महसूस कर सकें तथा अपने घर में ख़ुद को सुरक्षित और प्यार पाता हुआ भी समझें। ऐसा करते हुए आपको कुछ भी ख़र्च नहीं करना पड़ेगा, लेकिन वे ख़ुद को ऐसी अच्छी, स्थिर और दोस्ताना व्यवहारवाले परिवार से जुड़ा हुआ पाएंगे कि बाद के तूफ़ानी दौर में भी वे ख़ुद को संभाल सकने लायक बन सकेंगे।

नियमित रूप से इस रूटीन का पालन करें और फिर ख़ुद देखें कि इससे आपके जीवन में कैसे बदलाव आते हैं। सबसे पहले तो खुद आपके भीतर बदलाव आएगा। यदि आप भोजन के समय को ऊपर बताए गए नुस्खे के मुताबिक़ ढाल पाएं तो आप पाएंगे कि आपकी गर्दन और पीठ की मांसपेशियां सुस्ताने लगी हैं। आपको एक ऐसे ख़ुशनुमा समय का इन्तज़ार रहेगा जब आप अपने जीवनसाथी और बच्चों के साथ सुकून से होंगे। आप उनके साथ कुछ हंसी-मज़ाक़ कर सकते हैं और उनसे भी कुछ चुटीले क़िस्से सुन सकते हैं। आप ख़ुद को हंसता-मुस्कुराता हुआ, ख़ुशमिजाज़ और सुरक्षित भी महसूस करेंगे।

एक दिन जब मैं एक बिज़नेसमैन के घर से निकल रहा था तो मैंने उसके दस वर्षीय बेटे को अकेले खड़े हुए और पड़ोसी के लॉन को ताकते देखा। मैं उसे हैलो कहने के लिए रुका तो देखता हूं कि पड़ोस के लॉन में एक आदमी और बच्चा खेल-कूद रहे थे। उस बच्चे ने दुखी चेहरा लिए मेरी तरफ़ देखा और बताया, "यह रोहित है, अपने डैडी के साथ। ये दोनों अच्छे दोस्त हैं। मैं हर रोज़ इन दोनों को यहां खेलते देखता हूं। रोहित मेरे स्कूल में पढ़ता है और क्लास में फ़र्स्ट आता है। लेकिन मुझे याद नहीं पड़ता कि मेरे पापा ने कभी मुझे गले भी लगाया है या नहीं!"

बच्चे का यही दुख एक दिन अपने पिता के प्रति गुस्से और ईर्ष्या में बदल सकता है। अपने साथ ऐसा मत होने दें!

आज़ादी और ज़िम्मेदारी

आपकी क़िस्मत ख़ुद आपके हाथों में है और इसी तरह आपके व्यक्तित्व निर्माण की कुंजी भी आपके ही पास है। किसी के भी व्यक्तित्व निर्माण में आज़ादी की मुख्य भूमिका होती है लेकिन बहुत कम लोग इस बात को समझते हैं। हममें से बहुत कम लोगों को इस बात का अहसास होता है कि किसी विचार को स्वीकार या अस्वीकार करते हुए ही हम कितनी आज़ादी का भोग करते हैं। इन्सान की भीतरी ताक़त ही इससे आती है कि जीवन

की चुनौतियों का सामना करते हुए कुछ भी चुन लेने की कितनी आज़ादी उसे मिली होती है। हम किसी भी चुनौति का सामना करते हुए दुखीराम की तरह शिकायत कर सकते हैं या फिर सुखीराम के जैसा दृष्टिकोण अपना सकते हैं – "यह एक कठिन, मेरे मन के विपरीत काम है मगर मुझे तो यह करना है और मैं इसे करके ही दम लूंगा।" यह नज़रिया आपका काम आसान कर देगा और बाद में आपके मन में यह भाव भी होगा कि आपने कुछ कर दिखाया है। सच तो यह है कि जीवन की चुनौतियों के प्रति आपके नज़रिये को चुनने की आज़ादी आपकी सफलता की दर को बढ़ाएगी और जीवन में ढेर सारी खुशियां भी भर देगी।

अलबत्ता आज़ादी के साथ हमेशा ज़िम्मेदारी भी आती है। इनमें से कोई भी एक-दूसरे के बग़ैर निरर्थक है और यहां तक कि ख़तरनाक भी होती है। दरअसल, ज़िम्मेदारी इन्सान के अस्तित्व की बुनियाद होती है। ठीक उसी तरह जैसे कि आज़ादी उसकी प्रेरक-शक्ति है। मैंने पिछले वर्षों में खुद यह महसूस किया है कि जो लोग ज़िम्मेदारी को स्वीकार करते है, वही जीवन का असली आनन्द भी लेते हैं।

जीवन की चुनौतियों के प्रति आपके नज़रिये को चुनने की आज़ादी आपके जीवन में कामयाबी और खुशियों की दर को प्रभावित करेगी।

ज़िम्मेदारी को स्वीकार करना चुनौती स्वीकार करने की तरह है और चुनौतियों को स्वीकार करने पर वे तमाम खिड़कियां-दरवाज़े खुल जाते हैं जिनसे होकर गौरवपूर्ण अवसर तथा उपलब्धियां हमारे जीवन में प्रवेश करती हैं। बहुत से लोग दायित्व ओढ़ने से बचते हैं, यह दरअसल, असफलता के डर से जोख़िम नहीं लेने जैसा ही है। लेकिन कोशिश करना और असफल रहना कोई बुरी बात नहीं है जबकि,कोशिश ही नहीं करना भयंकर ग़लती है।

अपने बच्चों को यह समझ लेने दें कि खुरदरे रास्ते ही महानता की ऊंचाइयों पर ले जाते हैं। आप उनके रोल मॉडल हो सकते हैं और आपको जानकर हैरानी होगी कि बच्चों ने आपसे कितना कुछ सीखा है तथा आप

कौन हैं। वे आपको उस वक़्त भी ग़ौर से देखते हैं जब आप इस बात का कोई नोटिस नहीं ले रहे होते, वे आपको बोलते हुए सुनते हैं और आपके हर क्रिया-कलाप को बारीक़ी से निहारते हैं। वे आपकी हर छोटी-छोटी बात पर ग़ौर करते हैं, आप अपने कर्मचारियों से कैसे पेश आते हैं, बिजनेस सहयोगियों के साथ आपका कैसा व्यवहार होता है, पब्लिक के साथ आप कैसा व्यवहार करते हैं और संकट की घड़ी में आपका बरताव क्या होता है। वास्तव में, आप अपने बच्चों के लिए साक्षात उदाहरण हैं, भले ही आपको ख़ुद इस बात की जानकारी हो या न हो।

बच्चों को जीवन की कठोर वास्तविकताओं से परिचित कराना (उन्हें नुक़सान से बचाते हुए) अपने स्तर पर उन्हें अच्छी शिक्षा मुहैया कराने की तरह है जो स्कूलों-कॉलेजों में ली गई शिक्षा से भी कहीं अधिक महत्त्वपूर्ण होती है। इसका एक तरीक़ा यह है कि आप उन्हें स्कूली सिलेबस के अलावा भी पढ़ने की सामग्री उपलब्ध कराएं। आजकल के बच्चों को देखकर सचमुच रहम आता है जो बेसिर-पैर के टी.वी. कार्यक्रमों या वीडियो गेम्स पर अपना सारा ख़ाली समय बरबाद कर देते हैं।

ज़िम्मेदारी स्वीकार करना चुनौती स्वीकार करना है और चुनौतियों को स्वीकार करने से ही वे खिड़कियां तथा दरवाज़े खुलते हैं जहां से शानदार अवसर और उपलब्धियां आपके जीवन में प्रवेश करेंगी।

एक ज़िम्मेदार माता-पिता होने के नाते आप अपने जीवनसाथी की मदद से बच्चों को अनुशासन में रखें ताकि वे ऐसी व्यर्थ की गतिविधियों में ख़ुद को न उलझाएं। इस बात पर जरा भी हैरानी नहीं होती कि ख़ासतौर पर अमीर घरों के कितने ही बच्चे 'नाख़ुश' और हर वक्त ख़ुद को बोरियत से भरा हुआ पाते हैं। जैसे-जैसे वे बड़े होते हैं उन्हें हर चीज़ 'बेमतलब' की लगती है। ऐसा इसलिए होता है क्योंकि उनके जीवन का कोई लक्ष्य नहीं होता और उन्हें अपनी ख़ुद की योग्यता का इस्तेमाल करने की भी ट्रेनिंग नहीं मिली होती । बढ़ती उम्र बेशक़ बेहद रचनात्मक होती है, मगर ये बच्चे अपनी भीतरी योग्यता तथा दिमाग़ का इस्तेमाल करना ही नहीं जानते उन्हें

उनके भीतर छिपी प्रतिभा को विकसित करने के लिए प्रेरित करें, चाहे वह म्यूज़िक, आर्ट, खेल-कूद सम्बन्धी हो या फिर भाषा और एक्टिंग की। इस दौर में उनके कैरियर के नज़रिये से आप उन्हें तैयार नहीं करते बल्कि आपकी कोशिश उन्हें सन्तुलित इन्सान बनाने की होती है।

स्कूलों में उन्हें ढेर सारी बातें रटनी पड़ती हैं। घर में वे बहुत से खेल खेलते हैं या फ़ालतू क़िस्म के टी.वी. कार्यक्रमों में उलझे रहते हैं। उन्हें बचपन से ही किताबों, संगीत, कला और अच्छे थियेटर की रोचक दुनिया से परिचित कराएं। आख़िर इन्सान का अस्तित्व सिर्फ़ रोटी तक ही तो सीमित नहीं रहता । अपने बच्चों को थोड़ा-बहुत उन तमाम अच्छी चीज़ों से परिचित कराकर, जो इस संसार में उपलब्ध हैं, आप उन्हें बाद के जीवन में अन्तहीन ख़ज़ाने को प्राप्त करने का नुस्ख़ा भी दे जाते हैं। यानी आप उन्हें सिखाते हैं कि मछली कैसे पकड़ी जाती है। जिस तरह समुद्र में लाखों की संख्या में समुद्री जीव मौजूद हैं उसी तरह इस संसार में भी सैकड़ों रहस्य हैं जिन पर से परदा उठना बाक़ी है और हज़ारों आश्चर्यजनक घटनाओं को देखना-सुनना अभी शेष है।

तालाब और समुद्र

जैसे-जैसे आपके बच्चे बड़े होते हैं, वे देखते हैं, सीखते, पढ़ते हैं और इन तमाम गतिविधियों से उनकी दुनिया बड़ी होती चली जाती है। जब आप अपने बच्चों को मछली पकड़ना सिखाते हैं तो उन्हें केवल ज़िन्दगी जीने की तकनीक और साधनों के बारे में ही नहीं सिखाते बल्कि जीवन से भी उन्हें परिचित कराते हैं। आपके दादाजी के समय में दुनिया बहुत छोटी थी क्योंकि तब जीवन छोटी-छोटी चीज़ों के इर्द-गिर्द घूमा करता था और बहुत कम लोगों को ही बाहर की बड़ी दुनिया से सम्पर्क करने या उसे देखने का मौक़ा मिलता था। उन दिनों और हमारे समय में भी कल्पना करना काफ़ी महत्त्वपूर्ण होता था, लेकिन आजकल के बच्चों को महज कल्पना के दम पर लुभाना काफ़ी मुश्किल है क्योंकि एक-से-एक हैरतअंगेज़ जानकारी उन्हें बटन दबाते ही मिल जाती है। लेकिन इनमें से कोई भी आश्चर्यजनक

जानकारी ऐसी नहीं होती जो बच्चों की कल्पना-शक्ति के बूते उन्हें मिली हो। ऐसे में होता यह है कि कुछ समय बाद बच्चों की कल्पना करने की क्षमता का ह्रास होने लगता है। यह हमारे वक़्त की सबसे बड़ी त्रासदी है क्योंकि कल्पना ही भविष्य के अजूबों और प्रगति की एकमात्र बुनियाद होती है।

इन्फ़ोरमेशन टेक्नोलॉजी अर्थात सूचना प्रौद्योगिकी (आई.टी.) के क्षेत्र में हुई शानदार प्रगति के चलते बच्चों का संसार पहले ही सिकुड़ गया है। लेकिन आई.टी. की दुनिया तो मात्र आभासी है, वह हाड़-मांस की उस दुनिया से अलग है जिसमें हम रहते हैं। इसके अपने फ़ायदे और प्रयोग हैं लेकिन फिर भी वह यथार्थ की दुनिया का स्थान नहीं ले सकता और न ही लेना चाहिए। बच्चे दुनिया-भर की सच्ची खबरें टेलीविज़न पर देखते हैं। 11 सितम्बर, 2001 के उस दिन को याद कीजिए जब न्यूयार्क शहर की जुड़वां टावर्स हमले के बाद ढह गईं और हर बच्चे ने बार-बार इन्हें ढहते देखा। आज दुनिया सचमुच कितनी छोटी हो गई है।

लेकिन यह विडम्बना ही है कि जो बच्चा अमेरिका के खिलाड़ियों और फ़िल्मी स्टार्स के जीवन की हर बात जानता है वही अपने माता-पिता तथा दादा-दादी के बारे में बहुत कम जानता है। उन्हें फ्रांसीसी या अमेरिकी फ़ैशन मॉडलों के लोकप्रिय नामों की जानकारी तो होती है लेकिन अपने पड़ोसी के बारे में कुछ पता नहीं होता। यह कोई अच्छी बात नहीं है। ज़िम्मेदार माता-पिता का यह फ़र्ज़ बनता है कि वे अपने बच्चों में अस्वस्थता या असन्तुलन की जो भी निशानी देखें उसे तुरन्त दुरुस्त करें।

आप सन्तुलन क़ायम करने के लिए कुछ-न-कुछ कर सकते हैं। अपने बच्चों को अपने बचपन की कहानियां सुनाएं, उन्हें अपने मां-बाप, भाइयों और बहनों के बारे में बताएं। उन्हें तालाब से वाक़िफ़ कराएं और क्षितिज के पार के समुद्र के बारे में भी बताएं। बच्चों को अपनी संस्कृति और परम्पराओं को समझने का मौक़ा दें, परिवार के स्तर से शुरुआत कर सामाजिक दायरों, राष्ट्र और फिर पूरी मानवता को गले लगाना सिखाएं। इससे वे अपने-आप को पहचान सकेंगे, वे यह समझ सकेंगे कि वे कहां से

सम्बद्ध हैं और कौन हैं। इससे उन्हें अपने परिवार के भीतर और बाहर, सामाजिक दायरे में, देश में और फिर दुनिया-भर में दूसरों की इज़्ज़त करना आएगा। इससे वे अपने परिप्रेक्ष्य को बेहतर ढंग से समझ पाएंगे तथा अधिक स्थिर और संवेदनशील इन्सान बन सकेंगे। जब आप उनको अधिक-से-अधिक पढ़ने के लिए प्रेरित करेंगे तो वे खुद भी बहुत कुछ सीख लेंगे।

महत्त्वपूर्ण वर्ष

बच्चों को पालना-पोसना आपके सबसे अधिक महत्त्वपूर्ण तथा कठिन कार्यों में से एक है। बच्चों के जन्म लेने के बाद यह दायित्व आप पर आता है, भले ही आप इसे पसन्द करें या नहीं, आपको इस काम का मामूली-सा अनुभव हो या फिर इसकी औपचारिक शिक्षा आपने ली हो अथवा नहीं। एक सफल बिज़नेसमैन के तौर पर आपके पास इतनी दौलत, ताक़त और आज़ादी हो सकती है जो देश की कम-से-कम 90 फ़ीसदी आबादी से कहीं अधिक हो सकती है।

बच्चों के लिए बड़ा होने की प्रक्रिया काफ़ी कठिनाई भरी हो सकती है, ख़ासतौर से उन बच्चों के लिए जिन्हें भौतिक क़ामयाबी विरासत में मिलती होती है। उस स्थिति में यह दौर सचमुच मुश्किल बन पड़ता है, जबकि वे इस विरासत के साथ मिलनेवाली ज़िम्मेदारियों को संभाल नहीं पाते।

आप अपने बड़ी उम्र के बच्चों तथा नाती-पोतों को वित्तीय और व्यक्तिगत ज़िम्मेदारियों के बारे में कैसे सिखाते हैं? भले ही 'अमीर' शब्द (जो कि एक सापेक्ष अवधारणा है) की व्याख्या किसी भी तरह से की जाए, मगर यह सच है कि क़ामयाब मां-बाप के बच्चों के तौर पर उनके पास कुछ ख़ास अधिकार और सुविधाएं होती हैं जो ज़्यादातर बच्चों को नसीब नहीं होतीं। आप दरअसल, अमीर और ख़ास सुविधा प्राप्त बच्चों को पाल रहे होते हैं। लेकिन दौलत भी कोई हवा के झोंके के साथ आई चीज़ नहीं है और न ही आपने लाटरी में जीतकर इसे पाया है बल्कि सच तो यह है कि आपने एक-एक रुपया कमाया है। बच्चों को यही बात बताई जानी चाहिए और

उन्हें दौलत को ठीक ढंग से संभालने के बारे में सिखाना चाहिए। और आपकी ज़िम्मेदारी यह है कि आप उन्हें उनकी ज़िम्मेदारी संभालना सिखाएं।

कुछ समझदार अमेरिकी व्यापारिक परिवार जिस सफल विधि को आज़माते हैं और मेरी जानकारी में दो भारतीय परिवार भी ऐसे हैं जिन्होंने इसे अपने मुताबिक़ ढालकर आज़माया है, वह वास्तव में, बेहद आसान है।

जब आपका बच्चा 12-15 वर्ष का हो तो आप उसके लिए एक बैंक एकाउंट खुलवा दें । यह एक साधारण बचत खाता हो सकता है जिसके साथ मिली चैक बुक पर बच्चे का नाम छपा हो तो कैसा रहेगा? अपने बच्चे के चेहरे पर उभरी हैरानी और उत्साह को देखें जो पहली चैक बुक मिलने पर उसकी स्वाभाविक प्रतिक्रिया होती है। अब आप अपने जीवनसाथी और बच्चे के साथ मिलकर यह तय कर सकते हैं कि इस खाते में कितनी रक़म डाली जाए और उससे किसका भुगतान किया जाएगा। सबसे अच्छा तो यही होगा कि आप इससे ज़रूरी काम के साथ-साथ कभी-कभार कपड़े, जूते, कैसेट, मूवी, बाहर खाना खाने जैसे ख़र्च निबटा सकते हैं। ये आइटम हर परिवार और बच्चे के मुताबिक़ अलग-अलग हो सकते हैं। इस मामले में थोड़ा-बहुत लचीलापन भी चलेगा। आप हर माह एक निश्चित रक़म इस एकाउंट में डालते रहें और वह बिलों के भुगतान की ज़िम्मेदारी संभालने के साथ-साथ पूरे ख़र्च का हिसाब-किताब भी रखता रहे।

बड़े होने की प्रक्रिया काफ़ी मुश्किल होती है ख़ासतौर पर उन बच्चों के लिए जिन्हें भौतिक सफलता विरासत में मिलनी होती है। और यह तब और भी कठिन होता है जबकि वे इसके साथ आनेवाली ज़िम्मेदारियों को संभालने के लिए तैयार नहीं होते।

अब देखें कि इसके बाद क्या होता है। बच्चे के लिए यह एक नया ही अनुभव होगा, जबकि वह उन सब ख़र्चों के लिए 'अपने ख़ुद के पैसों से भुगतान' करेगा जिन पर उसने कोई ध्यान ही नहीं दिया था। शुरुआत में वह कुछ ग़लतियां भी करेगा (और उसे ही इसके नतीजे भी भुगतने होंगे – आप उसकी मदद के लिए न दौड़ें) मसलन, फ़िज़ूलख़र्च, महंगे दाम पर ख़रीदारी,

बिल भुगतान भूलना वगैरह-वगैरह। लेकिन कुछ समय बाद वह समझदार भी हो जाएगा। वह उन चीज़ों को लेकर बचत करना सीखेगा जिनकी उसे ज़रूरत नहीं है, वह यह भी तलाश करेगा कि उसे सस्ता सामान कहां से मिल सकता है, उसे क्वालिटी, किफ़ायत और सूझ-बूझ-भरी ख़रीदारी का महत्त्व समझ आएगा। कोई भी किताब उसे ये सबक नहीं सिखा सकती, इनके बारे में तो उसे ख़ुद ही सीखना होगा। सबसे अहम बात तो यह है कि पैसे की साज-संभाल से ही उसे पैसे का मूल्य भी समझ आएगा। जैसे-जैसे वह बड़ा होगा उसे समझ आएगा कि लम्बे समय तक काम आनेवाली चीज़ों में उसे कंजूसी नहीं करनी है वरना बाद में वे महंगी साबित होती हैं, और इस तरह बड़े होते-होते वह अपने खाते में सन्तुलन बनाना सीख जाएगा।

बच्चों को पालने-पोसने के दौरान वित्तीय ज़िम्मेदारियां सिखाने के अलावा भी बहुत-से पक्ष हैं, हालांकि यह एक ऐसा पक्ष है जिसे नज़रअन्दाज़ नहीं किया जाना चाहिए। आप अपने बच्चों को जीने के तौर-तरीक़े सीखने के लिए तैयार कर रहे होते हैं। और यह तैयारी शुरू के महत्त्वपूर्ण वर्षों में ही होनी चाहिए।

अनुशासन का मतलब सख़्त होना नहीं है

मुझे उस वक़्त हैरानी होती है जब सफल लोग अनुशासन का मतलब सख़्त या कठोर होने से लगाते हैं। अनुशासन का बुनियादी सबक इस ज्ञान का होना है कि कुछ काम जो करने होते हैं, उन्हें स्थगित नहीं किया जा सकता, यह कि जो सही है, वह सही है और ग़लत बात ग़लत है और यह भी कि विश्वसनीयता का कोई विकल्प नहीं होता। हमें अपने व्यवहार और कर्मों से ऐसे मापदंड तय करने होते हैं, जिन्हें बच्चे देखकर अपने अवचेतन में भी उनसे जुड़ाव महसूस कर सकें। अगर आप और आपका जीवनसाथी कुछ बुनियादी नियमों का पालन नहीं करते तो आप अपने बच्चों से भी यह उम्मीद नहीं कर सकते कि वे उनका पालन करेंगे।

बेशक़, ज़्यादा सम्भावना इस बात की है कि आपका जीवन काफ़ी हद

तक अनुशासित होगा वरना आप क़ामयाब बिज़नेसमैन नहीं बन सकते थे। आप बिस्तर में देर तक पड़े रहने और अपने तमाम एपॉइनमेंट्स मिस करने का जोख़िम नहीं उठा सकते। आप सिर्फ़ इस बिना पर अपने काम से ब्रेक नहीं ले सकते कि 'आज आपका मन नहीं है', वगैरह । सम्भवतः आप जल्दी उठते हैं या कम-से-कम इतना तो होगा ही कि हर सुबह एक तय समय पर बिस्तर छोड़ देते हैं, समय पर काम के लिए निकलते हैं और देर तक काम करते हैं और शायद तब भी काम पर निकल पड़ते हैं जब आपकी तबीयत पूरी तरह ठीक नहीं होती।

बढ़ते बच्चों के दैनिक जीवन में कुछ ख़ास आदतें ऐसी डाली जा सकती हैं जो अनुशासन का बेहतरीन सबक होती हैं। आप ही की तरह उनके पास भी कुछ काम होते हैं, छात्र होने के नाते। आप यहीं से सबक की शुरुआत कर सकते हैं। बच्चों में यह आदत डालें कि वे अपने होमवर्क तथा अन्य स्कूली गतिविधियों का अनुशासित तरीक़े से पालन करें। बच्चे के सवेरे उठने से लेकर रात में बिस्तर पर जाने तक के समय में कुछ सख़्त नियमों का पालन ज़रूर किया जाना चाहिए। स्कूल से आने के बाद पढ़ाई, खेल-कूद, टी. वी. देखने (जो प्रोग्राम उसे देखने की इजाज़त है उन पर नज़र ज़रूर रखें), डिनर, फ़ोन पर दोस्तों-सहेलियों के साथ गप-शप करने या ऐसे ही अन्य कार्यों के लिए समय सुनिश्चित किया जाना चाहिए। होमवर्क हर रोज़ पूरा किया जाना चाहिए और इसकी ज़िम्मेदारी पूरी तरह से बच्चे की ही होनी चाहिए । अगर वह कुछ गड़बड़ी करता है तो टीचर से मिलनेवाली सज़ा उसे भुगतने दें।

इसके बाद उसकी सामाजिक गतिविधियों में भी अनुशासन लाना होगा। घरेलू नौकर के साथ उसका व्यवहार कैसा है, बड़ों के साथ वह कैसे पेश आता है, भाई-बहन और दोस्तों के साथ अपनी चीज़ों को कैसे शेयर करता है, वगैरह । वह यहां-वहां से गाली-गलौज़ करना सीख सकता है और तब उसे ज़बान को क़ाबू में रखना सिखाना होगा। वह दादागिरी करना भी सीख सकता है और ऐसे में उसे सिखाना होगा कि अपने से छोटों के साथ उसे लड़ाई-झगड़ा नहीं करना है। ऐसे मौक़ों पर मां-बाप को बीच में पड़कर दूसरे

बच्चे को सिर्फ़ इस कारण फटकारना नहीं चाहिए कि आपका अपना बच्चा इस लड़ाई-झगड़े में शामिल था और रोता हुआ घर आया था। अगर आप हमेशा उन्हें यह संकेत देंगे कि हर हाल में आप उन्हें बचाने के लिए उपलब्ध हैं तो वे बड़े होने पर भी ऐसा ही व्यवहार ज़ारी रखेंगे और आपसे यह अपेक्षा करेंगे कि आप गम्भीर पचड़ों से भी उन्हें बचाते चलें। यह हमेशा होता है। बच्चों को छोटी उम्र में ही यह समझा दिया जाना चाहिए कि अगर वे लड़ाई-झगड़े में उलझेंगे तो उन्हें ख़ुद तो चोट लगेगी ही, वे दूसरों को भी नुकसान पहुंचा सकते हैं।

रईस परिवारों के बहुत-से बच्चे कुछ ज़्यादा ही सुरक्षित माहौल में पले होते हैं मगर अनुशासन का सबक उन्हें कम मिला होता है। इसका नतीजा यह होता है कि वे बड़े होकर बिगड़ैल बन जाते हैं। उनमें अहम् की भावना तो बहुत होती है, मगर सामाजिक ज़िम्मेदारी का अभाव होता है। वे सोचते हैं कि वे कुछ भी कर सकते हैं क्योंकि उनके मम्मी-पापा ख़ुद ही हालात से निबटते रहेंगे। ऐसी सोच के चलते ही न जाने कितनी त्रासद घटनाएं घट चुकी हैं, मगर इसके बावजूद उन्होंने अनुशासन में रहना नहीं सीखा।

बहुत से मां-बाप खान-पान के मामले में भी बच्चों के हर तरह के नखरे उठाते हैं। ज़्यादातर समृद्ध परिवारों के बच्चे खाने-पीने के मामले में बेहद नकचढ़े होते हैं। वे ये नहीं खाते या वो नहीं खाते और अकसर उन्हें अनाप-शनाप चीज़ें खाने को मिल भी जाती हैं क्योंकि घरवाले सोचते हैं कि "उनके पेट में कुछ तो जा ही रहा है।" मैं एक ऐसी मां को जानता हूं जो अपने ढाई साल के बच्चे को हर रोज़ जाने कितने ही गिलास कोकाकोला पीने को देती है और इस बच्चे की ठोस ख़ुराक़ में चिप्स, मैगी नूडल्स तथा चॉकलेट ही होती है। जब मैंने इस तरह के खाने-पीने के नुक़सान के बारे में उस पढ़ी-लिखी महिला को चेताया तो वह बोली, "अब क्या किया जा सकता है, मेरा बच्चा इसके अलावा कुछ और खाता भी तो नहीं है।" अब आप ही बताएं कि क्या मां के बिना बताए ही उस ढाई साल की नन्हीं जान को चिप्स या कोक जैसी चीज़ों की आदत पड़ सकती है?

बच्चों की हर बात मानकर आप उनका सबसे ज़्यादा नुक़सान करते हैं। बच्चों को छुटपन में ही यह अहसास हो जाना चाहिए कि उन्हें हमेशा वह सब नहीं मिलता जिसकी फ़रमाइश वे करते हैं। उन्हें बोरियत, निराशा और जीवन के कड़वे पहलुओं के साथ भी जीना सीखना चाहिए। वरना वे बड़े होने पर बहुत जल्दी हार मान लेंगे या मनचाही चीज़ें पाने के लिए अपराध का सहारा लेंगे अथवा अपनी निराशा को छिपाने के लिए नशीली दवाओं के आदी हो जाएंगे।

सम्मान और प्यार

ज़िम्मेदारी और अनुशासन के अलावा आपको अपने बच्चों को प्यार की बुनियाद अर्थात सम्मान के बारे में भी बताना चाहिए। सम्मान के बग़ैर प्यार का अस्तित्व ही नहीं होता और अकसर सम्मान के साथ प्यार भी होता है। लेकिन हमेशा ऐसा हो यह ज़रूरी नहीं है। प्यार से मेरा आशय उन्मुक्तता के उस खूबसूरत अहसास से है जो हम सभी उसके प्रति महसूस करते हैं जिसका मूल्य हमारी नज़रों में सबसे ज़्यादा होता है। रोमांटिक प्यार एक अलग ही भावना है। हम अपने बच्चों को उस सार्वभौमिक प्यार के बारे में सिखा सकते हैं जो सम्मान की भी अपेक्षा रखता है। यह प्यार परिवार के प्रति, पारिवारिक मूल्यों के प्रति, ज्ञान के प्रति, प्रकृति के मुफ़्त उपहारों के प्रति और सबसे अधिक स्वयं के प्रति हो सकता है। स्वयं को प्यार करने के लिए ख़ुद को सम्मान देना ज़रूरी है। अगर आप ख़ुद को ही प्यार नहीं करेंगे तो दूसरों को या दूसरी किसी भी चीज़ को प्यार नहीं कर पाएंगें।

प्यार से प्यार उपजता है और सम्मान की भावना सम्मान दिलाती है तथा इसका उलट भी सच है। अगर आप अपने बच्चे को एक विशेष, अद्भुत इंसान मानते हुए उसके साथ प्यार से पेश आएंगे और उसकी परवाह करेंगे तो उसे कभी भी यह नहीं सिखाना पड़ेगा कि प्यार और सम्मान कैसे दिया

प्यार, सम्मान के बग़ैर नहीं हो सकता और प्राय: सम्मान के साथ प्यार भी होता है, लेकिन हमेशा ही ऐसा होना ज़रूरी नहीं है।

जाता है। वह हर रोज़ ही इस सबक को सीखता है। अगर आप अपने परिवार के बड़े-बुज़ुर्गों के प्रति इज़्ज़त से पेश नहीं आते तो यह तय है कि बच्चे भी आपकी इस आदत को ख़ुद-ब-ख़ुद अपना लेंगे। अगर आप बच्चों के सामने ही अपने पति या पत्नी की बेइज़्ज़ती करते हैं तो फिर उनसे भी यह उम्मीद न करें कि वे आप दोनों में से किसी एक की भी इज़्ज़त करें, वे भले ही खुलकर इस असम्मान की भावना को व्यक्त नहीं करें लेकिन उनके दिलों में इस बात को लेकर गांठ ज़रूर पड़ जाएगी, ख़ासतौर पर तब जब यह आचरण आपकी आदत में शुमार हो जाएगा। यह सच है कि हर कोई कभी-न-कभी झगड़ता है लेकिन माता-पिता को अपने झगड़ों को अपने बेडरूम की हद के भीतर ही रखना चाहिए तथा बच्चों को उस झगड़े का हिस्सा नहीं बनाना चाहिए।

जिस घर में माता-पिता एक-दूसरे के प्रति प्यार और इज़्ज़त का इज़हार करते हैं, वहां बच्चे ख़ुद को सुरक्षित महसूस करते हैं। ऐसे में कभी-कभार के गुस्से या लड़ाई-झगड़ों को वे आपके सम्बन्ध का स्वाभाविक हिस्सा मानकर स्वीकार कर लेते हैं।

आप दूसरों के साथ कैसे पेश आते हैं, यह आपके बच्चों के व्यवहार से झलकता है। नौ साल के बच्चे को ड्राइवर, कुक या चौकीदार के साथ गाली-गलौज करते देखकर तो किसी को भी शर्म आ सकती है। वह दरअसल, अपने डैडी की नक़ल कर रहा होता है और ज़्यादातर मामलों में तो उसे यह भी पता नहीं होता कि जो वह कह रहा है उसका मतलब क्या है। लेकिन सामाजिक स्तर पर सीखा गया उसका यह सबक सचमुच ख़तरनाक होता है।

हम रात-भर में टीचर नहीं बन सकते और न ही एक रात-भर में हमारे बच्चे सब-कुछ सीख सकते हैं। ये तो जीवन-भर चलनेवाली प्रक्रियाएं हैं। जल्दी शुरुआत करके तथा ठीक सबक पर अधिक ध्यान देकर हम अपने तथा अपने बच्चों के भविष्य की बुनियाद बना रहे होते हैं। आपसी प्यार और सम्मान, अनुशासन तथा ज़िम्मेदारी, खुशहाल माहौल में भोजन करने तथा चुटकलों और गम्भीर मसलों को आपस में बांटने में हम पारिवारिक

बन्धन को मज़बूती देते हैं और इस तरह एक-दूसरे के लिए अच्छे-से-अच्छा करने की स्वाभाविक इच्छा भी हमारे भीतर जन्म लेती है। इस बन्धन तथा बच्चों के मन में जगाए गए इस भाव के चलते कि उनकी भलाई ही सबसे प्रमुख है, इस बात की सम्भावना बढ़ती है कि आपके बच्चे बड़े होकर अच्छे इन्सान तथा आपके बिज़नेस के लायक वारिस बनेंगे।

आप दूसरों के साथ कैसे पेश आते हैं यह आपके बच्चों के व्यवहार से झलकेगा। एक नौ साल के बच्चे को ड्राइवर, कुक या चौकीदार के साथ ऐसी भाषा में गाली-गलौज करते देखकर हैरत होती है जिसका इस्तेमाल सैनिक भी नहीं करते।

जब बाहरी लोग बन जाएं आपके अपने घरवाले

आपने अपने बच्चों को अच्छी तरह पाल-पोसकर बड़ा किया है और एक समय ऐसा भी आएगा जबकि उनकी शादी होगी और उनके जीवनसाथी के रूप में आपके परिवार में नए सदस्य शामिल हो जाएंगे। दूल्हे या दुल्हन की पृष्ठभूमि के बारे में पूरी पड़ताल करने के अलावा आप ऐसा कुछ भी नहीं कर सकते जिससे यह तय हो सके कि विवाह के बाद क़ायम रिश्ता आगे कैसे निभेगा। परिवार में आया नया सदस्य निश्चित रूप से परिवार में कुछ बदलाव तो लाएगा। वह नए घर में अपनी मौजूदगी के साथ-साथ मूल्यों, दृष्टिकोणों तथा परिप्रेक्ष्यों को भी लेकर आएगा । हनीमून के बीतने के बाद इस नए समीकरण का कुछ तो असर अवश्य होगा।

आपके बच्चों की ही तरह आपके दामाद या बहू के लिए भी यह ज़रूरी है कि वे जल्द-से-जल्द आपके पारिवारिक मूल्यों तथा परम्पराओं को समझ लें ताकि नए माहौल में सामंजस्य बैठा सकें। अगर वे बहुत ज़्यादा कठोर स्वभाव के नहीं हैं तथा छोटी-मोटी एडजस्टमेंट कर सकते होंगे तो जल्द ही आपके बिज़नेस और परिवार को तथा इन दोनों के सम्बन्धों को जान पाएंगे। भारत में कुछ बिज़नेस परिवार अपनी बेटियों की शादियां इस तरह तय करते हैं कि उस सम्बन्ध से उनके बिज़नेस को फ़ायदा पहुंचता है। नतीजतन, अकसर दामाद परिवार में शामिल होते हैं और फ़ैमिली बिज़नेस

के डायरेक्टर बन जाते हैं। यह दहेज की बजाय एक तरह का व्यापार ही है और कई बार ऐसे मामलों में थोड़े-बहुत समझौते भी करने पड़ सकते हैं।

मेरे परिचित अग्रवाल परिवार में दामाद एक अच्छे घर का लड़का था मगर वह चोरी-छिपे शराब पीता था (जो कोई अनोखी बात नहीं है)। दुल्हन के परिवारवालों ने परिवार को चुना था मगर वे उस परिवार के लड़के की इस आदत के बारे में लम्बे समय तक नहीं जान पाए। जब तक उन्हें इस सच्चाई का पता चलता, क़रीब चार महीने बाद, तब तक वे दामाद को कम्पनी का डायरेक्टर बना चुके थे, मगर वह ज़िम्मेदारियों और सम्मान से कोसों दूर था। इस बीच, बेटी गर्भवती भी हो गई थी मगर उसके चेहरे पर यह अहसास साफ़ झलकता था कि वह एक ऐसे इन्सान से ब्याही गई है जो उसकी बजाय अपनी बोतल और यार-दोस्तों को ज़्यादा चाहता है।

परिवार संकट में फंस चुका था मगर पिता भी कोई मूर्ख नहीं थे। वे जानते थे कि उनके पास दो विकल्प हैं। पहला तो यही कि तलाक़ और गर्भपात (क्योंकि तब तक ऐसा करना सुरक्षित था) की तैयारी करते और इस सम्बन्ध को तोड़ डालते। ईश्वर भी जानता है कि उनके पास ऐसा करने के पर्याप्त कारण थे। दूसरा यह कि वे अपने जंवाई को सुधारने की ज़िम्मेदारी (और बोझ) अपने सिर ले लेते। अग्रवाल साहब ने इस दूसरे विकल्प को चुना। उन्होंने प्यार, दुलार, इज़्ज़त और भावनात्मक ब्लैकमेल (चूंकि उनकी बच्ची का भविष्य दांव पर लगा था इसलिए हर तरीक़ा जायज़ था के ज़रिये इस काम में सफलता हासिल की। आज राहुल गुप्ता यानी वही दामाद एक ज़िम्मेदार पिता, समझदार पति और गम्भीर बिज़नेस पार्टनर है।

बहू के मामले में सास की भूमिका ज़्यादा महत्त्वपूर्ण होती है। रिश्ते दोतरफ़ा होते हैं। एक अच्छी बहू अच्छी सास बन सकती और इसी तरह अच्छी सास अच्छी बहू तैयार करने में क़ामयाब हो सकती है।

अलबत्ता, बिज़नेस फैमिली में बहू आपके बेटे की पत्नी ही नहीं होती बल्कि आपके बिज़नेस के वारिसों की मां भी होती है। परिवार में शामिल हुए नए सदस्य को बग़ैर ज़्यादा प्रयास किए ही दोस्त की बजाय दुश्मन बनाना

बहुत आसान होता है। बहू के साथ इज़्ज़त, दुलार, प्यार और विश्वास से पेश आने पर आपको भी बदले में यही सब मिलेगा। अगर आप उसके प्रति सख़्त रवैया रखते हैं या हर वक़्त उसमें कमियां ही तलाशते हैं तो कुछ समय बाद वह आपसे दूर होती चली जाएगी और फिर ऐसा भी समय आएगा जबकि वह आपसे नफ़रत करने लगेगी। बच्चों के जन्म लेने पर वह जान-बूझकर या अनजाने में ही इन भावनाओं को उनके भी मन में भरेगी। अन्त में आप ही ख़ुद को ठगा हुआ महसूस करेंगे क्योंकि आपका बेटा भले ही कितना भी निष्ठावान क्यूं न हो मगर निष्ठाओं के बंटवारे की सूरत में वह ख़ुद को असहज पाएगा और तब वह अपनी पत्नी और बच्चों की तरफ़ ही हो लेगा । इसलिए अपनी बहू को 'लक्ष्मी' की तरह स्वीकार करें और वह भी आपके घर में शान्ति, खुशहाली, दौलत तथा खुशियां लाएगी। यक़ीनन आपका दामाद आपके बेटे की जगह नहीं ले सकता लेकिन उसे उसी आदर और दुलार की दरकार होती है जो आप अपने बेटे को देते हैं। आख़िर में वह आपके बड़े परिवार का हिस्सा बन जाएगा और वंश-निर्माण की प्रक्रिया को भी गति देगा।

बदलाव तो होकर रहेगा और यदि आप चाहते हैं कि आपका बिज़नेस आपके बाद भी कायम रहे और आपके बच्चों को इसका लाभ मिले तो परिस्थितियों के अनुकूल विकास ज़रूरी है।

6. सफलता सफ़र है, न कि मंज़िल

रोज़-ब-रोज़ की सफलता का खाक़ा तैयार करना

जब आपने अपना कारोबार शुरू किया था तब आप बिज़नेस में अकेले थे मगर अब आपने अपने लिए सुरक्षा जुटा ली है और समाज में अपनी हैसियत भी बना ली है। आपने अपने ख़्वाब को पूरा कर लिया है। मगर क्या आप अपनी फ़ाइनल मंज़िल तक पहुंचे हैं?

वर्षों तक ख़ुद को नकारते हुए, तिल-तिल त्यागकर जीते हुए आप अचानक एक दिन महसूस करते हैं कि आपके पास अपनी ज़रूरत के लायक दौलत है और अब आप सुस्ताना चाहते हैं। आप जो चाहते हैं पा सकते हैं, आपके बीवी-बच्चों को अच्छे-से-अच्छा मिल सकता है। आमतौर पर ख़ुद पर लुटाने का मन आपका नहीं होगा क्योंकि आप ज़िन्दगी-भर बचत करने और ख़र्च कम करने की जुगाड़ में ही लगे रहे थे। लेकिन धीरे-धीरे आप ऐसा करने लगेंगे, ठीक उसी तरह जैसे इस परिस्थिति से गुज़रनेवाले दूसरे लोगों ने किया।

नई दुनिया में प्रवेश

जैसे-जैसे सफलता आपके क़दम चूमती है, परिवार भी सम्बन्धों के अलग दायरे में प्रवेश करता है, बेहतर घर, क्लबों की सदस्यता, बड़ी कारें, वगैरह । बच्चों के शौक़ भी मंहगे होने लगते हैं।

इस दौर में पहुंचने पर आपको यह पता करने की ज़रूरत पड़ती है कि बिज़नेस में आप कहां खड़े हैं? क्या आपके द्वारा तय की गई रफ़्तार से दौलत कमाते चले जाना ही सफलता है? आपकी अपनी प्राथमिकताएं क्या हैं? आप इस समय उम्र के लगभग 5 दशक पूरे कर चुके हैं और ज़िन्दगी-भर कड़ी मेहनत करते-करते आप थक चुके हैं तथा आराम करना चाहते हैं। इसी दौर में ज़्यादातर बिज़नेसमैन अपनी दौलत को दूसरों की नज़रों से छिपाना चाहते हैं और अपने प्रतिद्वन्द्वियों, सप्लायरों तथा यहां तक कि रिश्तेदारों तक से इसे बचाना चाहते हैं। ज़्यादातर ऐसे होते हैं जो इस मोड़ पर पहुंचकर आगे नहीं बढ़ना चाहते। उन्होंने काफ़ी मेहनत कर ली होती है। वे विकास करने से भी बचना चाहते हैं क्योंकि विकास का मतलब होता है बदलाव को स्वीकार करना। आख़िरकार दुनिया हर पल बदलती रहती है। कम्प्यूटरों का पूरा मायाजाल, उनकी तकनीकी शब्दावली विदेशी हो सकती है। आप यह भी सोच सकते हैं कि आप काफ़ी बूढ़े हो चुके हैं लिहाज़ा कुछ सीखने की उम्र नहीं रही। आपके ऑफ़िस में तमाम नई आधुनिक मशीनें और उपकरण हैं मगर उनका इस्तेमाल दूसरे लोग ही करते हैं जबकि आप एकाउंटिंग से लेकर डिक्टेशन तक के काम में पुरानी तकनीकों से ही जूझते रहते हैं।

बेशक़ यह आसानी से समझ में आनेवाले हालात हैं मगर इनके पीछे एक बड़ा ख़तरा भी है। संस्थापक, बिज़नेसमैन यही सोचता है कि वह बदलना नहीं चाहता (यह काफ़ी थकाऊ है) और इसलिए कुछ भी बदलेगा नहीं। दरअसल, जब आप ऐसा सोच रहे होते हैं तब भी आपके भीतर एक बड़ा बदलाव हो रहा होता है।

आपने अपनी जवानी के दिनों में सफल व्यापार की बुनियाद खड़ी की और बीते वर्षों में काफ़ी सफलता भी बटोरी। आपने विपरीत हालातों में भी हार नहीं मानी और रोज-ब-रोज मोर्चा लेते रहे, बाज़ार के मिजाज़ के मुताबिक़ ख़ुद को बदलते रहे तथा अपनी ज़िन्दगी और व्यवहार तक में कई बदलाव किए। कोई बदलाव नहीं चाहना भी आपकी पिछली सक्रिय अवस्था के नज़रिये से एक बदलाव ही है।

अलबत्ता, बदलाव एक ऐसी प्रक्रिया है जो होकर ही रहेगी और यदि आप चाहते हैं कि आपका कारोबार आपके बाद भी टिका रहे तथा आपके बच्चों और उनके भी बच्चों के लिए कमाई करता रहे तो समय के हिसाब से आपको विकास करना ही होगा। आपके पास दो विकल्प हो सकते हैं। आप इस मोड़ पर, जबकि दौलत ख़ुद-ब-खुद आपके पास आ रही होती है पूरी तरह थम जाना चहेंगे या फिर बदलाव को स्वीकार कर लेंगे।

बदलाव की योजना

यदि आप अपने बिज़नेस के विकास के पूरे दौर में अपने परिवार तथा कर्मचारियों को हर बात की जानकारी देते आए हैं तो आप यक़ीनन व्यवस्थित हैं। लेकिन क़रीब 90 प्रतिशत व्यापारियों के पास इस बात के लिए टाइम ही नहीं होता या फिर ऐसा करने का रुझान उनमें नहीं होता। बच्चे भी इस दौरान बड़े हो जाते हैं और शायद कर्मचारी भी अपने 'काम' ही करते रह जाते हैं। नतीजतन, उन्हें भी यह अन्दाज़ा तक नहीं होता कि आपका बिज़नेस कैसे चलता है। यहां तक कि आपके एकाउंटेंट को भी आपकी कमाई और ख़र्च की सही जानकारी नहीं होती क्योंकि आपने दो-दो एकाउंट जो रख छोड़े होते हैं – एक असली और दूसरा दिखावेवाला। यही आमतौर पर होता है।

बदक़िस्मती से अपने जीवन के इस दौर में, जबकि आपकी ऊर्जा चुक रही होती है तब आप ख़ुद को अलग-थलग तथा बेहद अकेला महसूस करते हैं।

उम्र के इस महत्त्वपूर्ण दौर में काम की मांग के मुताबिक़ अपने ऊर्जा स्तर को बदलना आपके लिए नामुमकिन होता है। इसकी बजाय आप ख़ुद 'कर्ता' से 'टीचर' के रूप में बदल सकते हैं। लेकिन ऐसा करना आसान नहीं होता, ख़ासतौर से एक बिज़नेसमैन के लिए, क्योंकि आप ख़ुद यह सोच सकते हैं कि बिज़नेस की उतनी अच्छी तरह से देखभाल करनेवाला कोई नहीं है जैसी कि आप कर सकते हैं।

परन्तु अब वह समय आ गया है जबकि आपको उन लोगों की खोज करनी होगी (आप जानते हैं कि ऐसे लोग मौजूद हैं) जो ठीक से या शायद आपसे बेहतर ढंग से काम संभाल सकते हैं। अब आपको भविष्य को लेकर आशंकित होने की ज़रूरत नहीं है। अब समय आ गया है कि आप थोड़ी-बहुत 'धूल' को बर्दाश्त करने के आदी हो जाएं। इसी बात पर मुझे एक क़िस्सा याद आ रहा है।

मैं जब छोटा था तो ऐसे घर में मेरा पालन-पोषण हुआ जहां औरतें घर के कामकाज करने में माहिर थीं। जब मैं पढ़ता था तो घर में मेरी एक डेस्क हुआ करती थी। मेरी मां ही हर रोज़ इस डेस्क, कुर्सी और मेरी कॉपी-किताब की झाड़-पोंछ किया करती थी (क्योंकि मैं बेहद आलसी था)। मुझे हमेशा साफ़-सुथरी, धूल-रहित मेज-कुर्सी मिलती रही। फिर मैं बड़ा हो गया, अपने काम में जुट गया और मेरी शादी हो गई। मेरे नए घर में मेरी अपनी डेस्क थी जिस पर काग़ज़ इकट्ठे होने लगे। शुरू में मेरी पत्ती के पास काफ़ी समय होता था और सब-कुछ पहले की तरह चलता रहा। फिर धीरे-धीरे हमारे घर में बच्चे भी आए और तब मेरी पत्नी सैंकड़ों नई ज़िम्मेदारियों से घिर गई। मुझे घर की डेस्क को साफ़ रखने की आदत नहीं थी और धीरे-धीरे कब उसके कोनों में गर्द जमा होने लगी यह मैं जान ही नहीं पाया। एक दिन जब मेरी नज़र उस पर पड़ी तो मेरे होश उड़ गए। मेरी मां के दौर में ऐसा कभी नहीं हुआ था। मैंने पत्नी को यह दिखाया जो अब तक हमारे तीन बच्चों की परवरिश में व्यस्त हो चली थी। होमवर्क, स्कूल की ज़िम्मेदारियां, बच्चों का स्वास्थ्य, नौकरों पर नज़र रखना, खाना पकाना, घर की देखभाल सम्बन्धी हज़ारों दायित्व और भी जाने क्या-क्या वह देखती थी। मैं अपने काम में उलझा रहता और वह घरेलू मोर्चे को बख़ूबी संभालती रही। लेकिन अपनी धूल-भरी मेज़ का वह कोना मेरी नज़रों में खटकता रहा। मैंने उस धूल पर ही अपनी उंगली से दिल का आकार बना डाला और उसके भीतर अपनी पत्नी का नाम लिख दिया।

मेरी पत्नी ने, जो काफ़ी समझदार है, उस धूल और धूल से भरे सन्देश को जैसे का जैसा रख छोड़ा । मुझे उस सन्देश से सन्देश ग्रहण करने में एक

महीना लग गया। आख़िरकार मैंने ख़ुद महसूस किया था कि कोई भी घर धूल-रहित नहीं हो सकता। हर स्थिति में सुधार हो सकता है लेकिन एक वक़्त ऐसा भी आता है जबकि ख़ुशियों की ख़ातिर आपको थोड़ी-बहुत धूल को बर्दाश्त करना ही होता है। कोई भी परफेक्ट नहीं होता।

यानी आज या कल कोई-न-कोई तो उस काम को संभालेगा जिसे आप ज़िन्दगी-भर संभालते आए हैं। दरअसल, दूसरों को ज़िम्मेदारियां सौंपने, आराम करने तथा दिमाग़ी शान्ति का मज़ा लेने से आप ख़ुद को इसलिए रोकते हैं क्योंकि आप धूल बर्दाश्त नहीं कर सकते। आप यह सुनिश्चित कर सकते हैं कि या तो आपके वारिस आपके कारोबार से लाभ कमाएं या फिर वे ऐसा न कर पाएं। यह पूरी तरह आप पर निर्भर करता है। वे कैसे काम को संभालेंगे, बशर्ते उन्हें ऐसा करने का मौक़ा मिले, यह पूरी तरह आप पर निर्भर करता है।

समय पर कार्यवाही करें, ख़तरों से बचें

किसी भी सफल और विकासशील बिज़नेस मैनेज़मेंट सम्बन्धी ज़रूरतें लगातार बदलती रहती हैं। टिकने के लिए बदलाव ज़रूरी है और बदलाव के वास्ते प्रतियोगी मैनेज़मेंट आवश्यक है। आप ऐसा सोच सकते हैं कि कल स्थितियां बेहतर हो जाएंगी और कुछ साल के बाद ये परेशानियां भी ख़ुद-ब-खुद ख़त्म हो जाएंगी (जब आपके बेटे बड़े होंगे तो आपको परफ़ेक्ट मैनेजर भी मिल जाएगा)। लेकिन बदक़िस्मती से समय सिर्फ़ गुज़रता चला जाता है और इसकी ख़ासियत यह है कि इसके बीतने के साथ ही साधारण-सी दिखनेवाली समस्याएं जटिल होती चली जाती हैं।

> **आप यह सुनिश्चित कर सकते हैं कि आपके वारिसों तथा उत्तराधिकारियों को आपके अनुभव और ज्ञान का लाभ मिले अथवा न मिले। यह फ़ैसला आपका है।**

आप अपने दिमाग़ में 'परफ़ेक्शन' के दौर में पहुंच चुके हैं जहां आपका बिज़नेस थैली भर-भरकर दौलत उगलता रहता है, तब भी जबकि आप सुस्ता रहे

होते हैं। आप इसे अपनी बरसों की मेहनत के स्थाई इनाम के तौर पर लेते हैं। लेकिन यह कोरा सपना है। ऐसा हो ही नहीं सकता क्योंकि ख़ुद आपकी फितरत में ख़ाली बैठना और आधा दिन क्लबों में कॉकटेल पीते हुए गुज़ारना है ही नहीं। आप क़ामयाब ही इसलिए हुए थे क्योंकि आप कुछ बनाना और उपलब्धि जुटाना चाहते थे। लेकिन आपका यह जुनून आपके सफल बन जाने या उम्रदराज़ हो जाने के साथ ठंडा नहीं होता।

दूसरी तरफ़ अगर आप हाथ-पर-हाथ धरकर बैठना मंजूर कर भी लें और जो कुछ अब तक जुटाया है उसी को निचोड़ते रहें तो भी ऐसा करते हुए कुछ पाते रहने की एक हद है। दरअसल, अच्छी-से-अच्छी दुधारू गाय को भी आराम चाहिए और कुछ समय बाद उसका उत्पादन भी कम होते-होते एक दिन पूरी तरह सूख जाएगा।

आज के उतार-चढ़ाववाले दौर में सोने, हीरे, स्टॉक तथा शेयर, बांड और डिबेंचरों तथा हाल के वर्षो में लोकप्रिय हुए ज़मीन-ज़ायदाद के कारोबार से भी बेहतर निवेश है परिवार के स्वामित्ववाले कारोबार। इसका अर्थ है कमाने की ताक़त मगर यह ताक़त तभी तक क़ायम रहेगी जब तक कि बिज़नेस में समय, मेहनत, समर्पण और प्रतिबद्धताएं झोंकी जाती रहेंगी और बिज़नेस संस्थापक के न रहने पर लोग इसमें जुटेंगे।

आप इससे तो सहमत होंगे कि आपका और आपके व्यवसाय का भविष्य आपके वारिसों पर निर्भर करता है, भले ही वे आपके परिवार के सदस्य हैं या नहीं। इसका मतलब यह हुआ कि आपको भविष्य पर भरोसा है और अपने विश्वसनीय चुनींदा वारिसों के सम्बन्ध में आप जोख़िम उठाने को तैयार हैं।

नपा-तुला जोख़िम

भला इससे बेहतर जोख़िम और क्या होगा जो हम उसके सन्दर्भ में उठाते हैं जिसे समझते हैं तथा जिससे वाकिफ़ हैं? उससे बेहतर जोख़िम भी क्या होगा जो हम उनके सन्दर्भ में उठाते हैं जिन्हें हम सीधे अपने प्रयासों से या

अपना ज्ञान सौंपकर प्रभावित कर सकते हैं? इस तरह के जोख़िम को समझदारी-भरा तथा नपा-तुला जोख़िम कहते हैं। किसी भी क़ामयाब बिज़नेस का टिकाऊपन इस तरह के जोख़िम की मांग रखता है (अगर ये जोख़िम लिए ही नहीं जाएंगे तो बिज़नेस यक़ीनन दम तोड़ देगा)। वह या तो फेल हो जाएगा, बिक जाएगा अथवा दिवालिया हो जाएगा | इसीके साथ बिज़नेस की कमाऊ शक्ति, आज़ादी और वह अवसर भी गुम हो जाएगा जिसकी बदौलत बिज़नेस संस्थापक कड़ी मेहनत कर यह सब हासिल कर पाया।

बेशक एक मुकाम के बाद आप काम न करने का अधिकार पा लेते हैं लेकिन तब आप पर दूसरों को सिखाने की ज़िम्मेदारी भी होती है ताकि बिज़नेस फलता-फूलता रहे।

बेशक, जीवन में एक मुकाम के बाद आप काम न करने का हक़ जुटा लेते हैं लेकिन तब आप पर यह ज़िम्मेदारी भी आ जाती है कि आप दूसरों को सिखाएं ताकि आपके बिज़नेस का विकास जारी रहे।

बिज़नेस सफलता का ख़ाका तैयार करने से मेरा आशय इस बात से ही है कि एक ऐसा नक्शा तैयार करना जिसमें भविष्य के बारे में स्पष्ट रूपरेखा है तथा जिसके आधार पर आप क़ामयाबी रूपी उपलब्धि के लिए हर रोज़ प्रयत्न करेंगे न कि उसे अपने सफ़र की आख़िरी मंज़िल मानेंगे।

अगर आप साठ सेकिंड की दौड़वाले एक मिनट को भर सकते हैं तो यह पूरी धरती और इसकी हर चीज़ आपकी है। और तब आप होंगे एक भरपूर इन्सान।

7. लगे रहो, लगे रहो, लगन से

अपने वारिस को समाधान का हिस्सा बनाएं

आप हमेशा से ही यह समझते आए हैं लेकिन अब आप भविष्य के लिए तैयार रहने की ज़रूरत और महत्त्व के बारे में समझ चुके होंगे। आपको अपने वारिस को इस तरह तैयार करना है कि वह बाद में बिज़नेस की ज़िम्मेदारियां ऐसे संभाले कि बिज़नेस को फ़ायदा मिले।

आपको अपने बच्चों या जिसे भी आपने अपने वारिस के तौर पर चुना है (वह आपका होशियार भतीजा-भांजा, छोटा भाई या गोद लिया हुआ उत्तराधिकारी हो सकता है) को कुछ महत्त्वपूर्ण बातें समझानी होंगी। यह उन्हें भविष्य का हिस्सा बनाने तथा उस समाधान का एक पक्ष बनाने के लिए अहम है जिसे आप तलाश रहे हैं।

इस बारे में चर्चा के लिए हम इस अध्याय को छः भागों में बांटकर उन पर विचार करेंगे।

सबक 1

रईस लोग दौलत के लिए मेहनत नहीं करते

दौलत एक तरह की ताक़त है। लेकिन रुपये-पैसे से भी ज़्यादा ताक़तवर है वित्तीय ज्ञान। दौलत तो अन्य किसी भी वस्तु की तरह होती और यह

आती-जाती रहती है लेकिन अगर हमें इस बात की जानकारी होगी कि रुपया कैसे काम करता है तो हम रुपये-पैसे को क़ाबू में रखकर दौलत जुटा सकते हैं। सकारात्मक सोच एक शानदार नज़रिया है मगर सिर्फ़ इस सोच से ही काम नहीं चलता। स्कूल जानेवाला और पढ़ाई में अच्छा प्रदर्शन करनेवाला हर बच्चा यह नहीं जान पाता कि धन कैसे काम करता है क्योंकि यह उसे स्कूल में नहीं पढ़ाया जाता । नतीज़तन, लोग जीवन-भर धन जुटाने के लिए काम में खटते रहते हैं न कि धन से ख़ुद का काम निकलवाते हैं। यह बहुत ही आम बात है जिस पर हम शायद ही कभी बैठकर विचार करते हैं।

औद्योगिक क्रान्ति के बाद ज़्यादातर विश्व-अर्थव्यवस्था में बदलाव आया। मशीनों ने काम को आसान बना दिया, उत्पादन तेज़ कर दिया और फैक्टरियों में बड़ी संख्या में लोग नौकरियों पर रखे गए। आज हज़ारों की तादाद में नौकरियां उपलब्ध हैं। यह व्यवस्था हमारे उपभोक्ता-उन्मुख समाज को चलाती है। लोग सवेरे जागते हैं, काम पर निकल पड़ते हैं और शाम को घर लौटते हैं। यही क्रम हर रोज़ दोहराया जाता है। महीने के आख़िर में उन्हें उनका वेतन मिलता है और वे इसी में ख़ुश रहते हैं। धन का हमारे जीवन में इतना ज़्यादा महत्त्व है कि हम इसके न होने की स्थिति के बारे में सोच-सोचकर ही आतंकित हुए जाते हैं। यही सोच नियोक्ताओं के लिए फ़ायदेमन्द होती है क्योंकि वे जानते हैं कि धन के बदले काम करनेवाले उन्हें हमेशा मिलते रहेंगे।

जब लोग कमाने लगते हैं तब उन्हें कुछ ज़्यादा कमाने की इच्छा होती है। ऐसे में दो भावनाएं उन्हें संचालित करती हैं। डर और लोभ : सुरक्षा की इच्छा को लेकर डर पैदा होता है जबकि और अधिक पाने की इच्छा लालच जगाती है। पैसे के बग़ैर होने की स्थिति लोगों को कड़ी मेहनत के लिए प्रेरित करती है और जब ईनाम सामने आने लगते हैं तो लालच तथा इच्छाएं पैदा होने लगती हैं। ऐसे में लोग उन तमाम चीज़ों के बारे में सोचने और सपने देखने लगते हैं जो धन से ख़रीदी जा सकती हैं। इस तरह एक ढर्रा बन जाता है। यह ढर्रा होता है उठने, काम पर निकलने, बिलों का भुगतान करने का... ताकि उनका जीवन हमेशा ही डर और लालच रूपी दो भावनाओं के

सहारे चलता रहे । अधिक धन मिलने पर भी यही चक्र बना रहता है क्योंकि तब ख़र्च भी बढ़ जाते हैं (मंहगी कार, मंहगी डाइनिंग, डिजाइनर कपड़े वगैरह)। इस तरह यह चूहा-दौड़ क़ायम रहती है।

क्या धन कमाने का कोई और तरीक़ा भी हो सकता है? यूं भी हर व्यक्ति, चाहे वह वेतनभोगी हो या व्यापारी, ग़रीब हो या अमीर, सभी तो धन कमाने की फ़िराक़ में रहते हैं। सच तो यह है कि डर और लालच ही अमीरों को भी प्रेरित करते हैं। आप जितने ज़्यादा अमीर होते चले जाते हैं आपका डर और लालच भी उतना ही बढ़ता जाता है। ऐसे भी कई बिज़नेसमैन हैं जो इफ़रात कमा लेने के बाद भी जुटे रहते हैं। वे सोचते है कि शायद ज़्यादा दौलत उनकी इस आशंका को कम कर देगी कि उनके पास पर्याप्त नहीं है मगर सच्चाई यह है कि उनका डर बढ़ता ही जाता हैं। बहुत-से रईस लोग तो अपनी दौलत की सुरक्षा को लेकर जन्मी चिन्ताओं के चलते बीमारी तक मोल ले लेते हैं और रातों को सो भी नहीं पाते।

आपको ख़ुद को तथा अपने बच्चों को सिखाना है कि इस जाल में उलझने से कैसे बचा जा सकता है।

अपनी भावनाओं का इस्तेमाल अपने काम के लिए करें

हमें अपनी भावनाओं को ख़ुद पर राज़ करने देने की बजाय उनसे काम लेना सीखना चाहिए। रुपये-पैसे सम्बन्धी अज्ञानता के कारण ही डर और लालच पैदा होता है। हमें अपने चेतन मन का इस्तेमाल कर इस डर और लालच का मुक़ाबला करना चाहिए। और यह पता लगाना चाहिए कि किस प्रकार ये हमारे जीवन को संचालित करने लगते हैं भावनाओं पर आंख मूंदकर भरोसा करने की बजाय यह विकल्प बेहतर होता है कि जो हम सोचते हैं वह सही है। भावनाओं के भंवरजाल से ख़ुद को बचा लेने पर आपका दिमाग़ खुलता है और आप उन अवसरों को देख पाते हैं जो अन्यथा आपके लिए खो चुके होते हैं।

अपने दिमाग़ और कल्पना का इस्तेमाल करना सीखकर आपके बच्चे

दौलत समस्याओं से निजात नहीं दिलाती बल्कि वह तो परेशानियां पैदा करती है। बुद्धिमानी से समस्याएं दूर होती हैं।

पैसा कमाने के अवसरों की पहचान कर पाएंगे। इससे वे और ज़्यादा बिज़नेस अवसरों की तलाश कर पाएंगे और तब उनका बिज़नेस अधिक धन उगाह सकेगा। नतीजतन, उनकी भौतिक उपस्थिति के अभाव में भी यह धन काम आएगा। यानी तब वे धन के लिए काम नहीं करेंगे बल्कि वह उनका काम करेगा।

सबक 2

रईस लोग सम्पदा जोड़ते हैं

जिस तरह हरेक के लिए कम्प्यूटर शिक्षित होना ज़रूरी है उसी तरह हर बिज़नेसमैन के पास वित्तीय साक्षरता होना ज़रूरी है।

बदक़िस्मती से लोग धन पर तो ध्यान देते हैं मगर अपनी सबसे बड़ी दौलत यानी शिक्षा पर जरा भी ध्यान नहीं देते। शिक्षा से मेरा आशय औपचारिक शिक्षा से नहीं है। यदि लोग ख़ुद को लचीला बनाए रखते हैं, अपने दिमाग़ की खिड़कियां खुली रखते हैं और अपने अनुभवों से सीखने को तैयार रहते हैं तो वे अमीर होते चले जाएंगे। धन दरअसल, समस्याओं को हल नहीं करता। बुद्धिमानी ही परेशानियों के समाधान तलाशकर धन पैदा करती है। सच तो यह है कि वित्तीय समझदारी के बगैर पैसा जल्द ही चला जाता है।

ज़्यादातर लोग यह समझ नहीं पाते कि यह महत्त्वपूर्ण नहीं है कि वे कितना पैसा कमा रहे हैं बल्कि यह बात ज़्यादा मायने रखती है कि आपका कितना रुपया-पैसा ऐसा है जो दौलत अर्जित कर सकता है। हम सभी ने लॉटरी जीतनेवाले उन लोगों के बारे में सुन रखा है जो ग़रीब थे मगर लॉटरी जीतने के बाद अमीर बन गए और एक दिन फिर से ग़रीब हो गए। हमने प्रसिद्ध फ़िल्म स्टारों और राजाओं के बच्चों के बारे में भी बहुत कुछ सुना है जिन्होंने लाखों कमाए या विरासत में पाए मगर मरते समय वे कंगाल थे।

बहुत से युवा अमीर बनने की ख़्वाहिश रखते हैं। वे बेसब्र भी होते हैं और जल्द-से-जल्द अमीर बनना चाहते हैं। लेकिन रुपये-पैसे की साक्षरता का होना बेहद महत्त्वपूर्ण होता है। अगर आप एम्पायर स्टेट बिल्डिंग बनाने का इरादा रखते हैं तो आपको सबसे पहले एक गहरा गड्ढा खोदकर मज़बूत बुनियाद डालनी होगी। अगर आप एक मंज़िला बंगला बनाना चाहते हैं तो 12 इंच की बुनियाद की काफ़ी होगी। लेकिन ज़्यादातर लोग 12 इंच की बुनियाद पर एम्पायर स्टेट बिल्डिंग खड़ी कर देते हैं जो तूफ़ान का पहला थपेड़ा पड़ते ही ताश के पत्तों की तरह ढह जाती है।

अगर आप एम्पायर स्टेट बिल्डिंग बनाने का इरादा रखते हैं तो आपको पहले एक मज़बूत बुनियाद बनानी होगी।

आपको अपने बच्चों के लिए गहरी और मज़बूत वित्तीय बुनियाद का निर्माण करना होता है। एकाउंटिंग शायद दुनिया का सबसे बोर विषय है। लेकिन जो लोग अमीर बनना चाहते हैं और अमीर ही बने रहना चाहते हैं उनके लिए यही सबसे महत्त्वपूर्ण विषय होता है।

बिज़नेस के सम्भावित वारिसों को अपनी सम्पदा तथा ज़िम्मेदारियों का अन्तर मालूम होना चाहिए। हो सकता है कि आप इसे बहुत ही सरल समझें और आपको लगता हो कि हर कोई यह समझता है। लेकिन आपको जानकर हैरानी होगी कि यह सच नहीं है। अमीर लोग सम्पदा जुटाते हैं जबकि दूसरे लोग ज़िम्मेदारियां जोड़ते हैं मगर इस मुगालते में रहते हैं कि शायद यही सम्पदा है। यह बात इतनी सरल है कि बहुत-से लोग इसे समझने से चूक जाते हैं। निम्न वाक्य सफलता के गुरुमन्त्र हैं। इन्हें मोटे अक्षरों में छपवाकर अपने सामने की दीवारों पर चिपका लें।

सम्पदा वह है जो मेरी जेब में दौलत पहुंचाती है।
आर्थिक ज़िम्मेदारी/जवाबदेही वह है जो मेरी जेब से पैसा खींचती है।

शब्दों और अंकों की निरक्षरता ही वित्तीय संघर्ष की बुनियाद है। अगर

लोगों को वित्तीय संकट झेलना पड़ रहा है तो इसका मतलब यही है कि वे अंकों या शब्दों को पढ़ने में असमर्थ हैं। कुछ-न-कुछ ऐसा है जिसे ग़लत ढंग से समझा गया है। अमीर दरअसल, अमीर इसलिए होते हैं क्योंकि कुछ मामलों में वे उन लोगों से अधिक साक्षर होते हैं जो वित्तीय संघर्ष कर रहे होते हैं।

आज तो अमीर बनने के कई रास्ते खुल गए हैं। खेल-कूद, टेलीविज़न (एक्टिंग, विज्ञापन, प्रोडक्शन वगैरह) और यहां तक कि मॉडलिंग जैसे कैरियर में युवा लोग बहुत कम समय में ढेर सारा पैसा बना सकते हैं। लेकिन बहुत सारा पैसा कमाने से परेशानियां दूर नहीं होतीं। दरअसल, अमीरों की मानसिकता ही वित्तीय संकटों का समाधान करती है। जब एक युवा व्यक्ति बग़ैर वित्तीय ज्ञान के बहुत सारी दौलत बहुत कम समय में कमा लेता है तो वह अपनी अमीरी का 'प्रदर्शन' करने के लिए अपनी जीवन-शैली बदल डालता है। चमचमाती कारें, फ़र्स्ट-क्लास की हवाई-यात्राएं और विदेशों में छुट्टियां बिताना उसके प्रिय शगल बन जाते हैं। लेकिन कुछ समय बाद जब ढेर सारा पैसा आना रुक जाता है और इस बीच, इन लोगों की वित्तीय देनदारी भी बढ़ जाती है और तब उनके लिए काम चलाना मुश्किल हो जाता है। ऐसे में उनका क़र्ज़ बढ़ता जाता है और वे तब तक ख़र्च करते चले जाते हैं जब तक कि 'अगला चैक आता है' और कुछ और समय बाद जब तक वे अपनी उम्र के महत्त्वपूर्ण मुक़ाम पर पहुंचते हैं, तब तक पैसा भी आना रुक जाता है और वे भी ऐसे ठहर जाते हैं मानो वक़्त के किसी मुक़ाम पर जम चुके हों। धन दरअसल, व्यक्ति के दिमाग़ में नक़दी के प्रवाह को प्रेरित करता है। 80 फीसदी लोगों की सोच नक़द-आने और नक़दी-जाने के सिद्धान्त से संचालित होती है। आय जितनी अधिक होगी व्यय भी उसी अनुपात में बढ़ेगा।

वित्तीय साक्षरता या वित्तीय शिक्षा वास्तव में, यह समझना है कि धन को ख़र्च किस प्रकार किया जाए या इसे कमाने के बाद क्या करें। इसका मतलब यही है कि उसे लम्बे समय तक कैसे क़ायम रखा जाए और कैसे उससे अपना काम लिया जाए। एक व्यक्ति ऊंची शिक्षा प्राप्त और प्रोफ़ेशनल

स्तर पर क़ामयाब हो सकता है लेकिन वित्तीय मामले में वह निहायत बुद्धू या अपढ़ भी हो सकता है। ऐसा व्यक्ति अकसर ज़रूरत से ज़्यादा कड़ी मेहनत करता है क्योंकि उसे कठोर मेहनत करनी तो आती है मगर यह मालूम नहीं होता कि मेहनत से कमाई पूंजी को सहेजा कैसे जाता है। यानी अगर आप अमीर बनना चाहते हैं और अपनी दौलत को क़ायम भी रखना चाहते हैं तो आपको वित्तीय तौर पर भी साक्षर बनना होगा।

हेनरी फोर्ड I न तो बहुत पढ़ा-लिखा था और न ही सही मायने में साक्षर था। उसके पास तेज़ दिमाग़ था और वह वित्तीय मामले में प्रतिभावान भी था। बेशक़, किसी भी बच्चे के सम्पूर्ण विकास के लिए शिक्षा बेहद महत्त्वपूर्ण होती है मगर यह शिक्षा पेशे के मुताबिक़ बदलती रहती है। मसलन, एक किसान के लिए कृषि, मौसम, जलवायु, उर्वरक, बीज और बाज़ार के रुख की जानकारी ज़रूरी है न कि व्याकरण, वाक्य-संरचना या भाषणबाज़ी की कला। अर्थात हमारा लक्ष्य उचित प्रकार की शिक्षा प्राप्त करना होना चाहिए। अपने बच्चों को साधारण चीज़ों के बारे में बताएं। उन्हें सम्पदा और आर्थिक ज़िम्मेदारियों के बारे में बताएं, उन्हें बताएं कि वे कैसे धन से अपने लिए दौलत जुटा सकते हैं और यह भी सिखाएं कि उन्हें अपने काम से मतलब रखना चाहिए।

सबक 3

अपने काम से मतलब रखना

वित्तीय तौर पर सुरक्षित बनने के लिए व्यक्ति को अपने काम से मतलब होना चाहिए न कि दूसरों के काम से। हर कोई मैकडोनाल्ड्स (दुनिया-भर के तमाम शहरों और बेहतरीन शॉपिंग-सेंटर्स में खुले हैम्बर्गर आउटलेट) से वाक़िफ़ है। इससे जुड़ी एक कहानी है।

मैकडोनाल्ड्स के संस्थापक रे क्रॉक 1974 में टेक्सास विश्वविद्यालय के एम.बी.ए. के छात्रों को सम्बोधित कर रहे थे। उन्होंने बड़ा ही प्रेरक भाषण दिया और उसके बाद छात्रों ने उनसे अनुरोध किया कि वे उनके पसन्दीदा

बेशक, बच्चे के सम्पूर्ण विकास के लिए शिक्षा काफ़ी महत्त्व रखती है लेकिन शिक्षा का स्वरूप अलग-अलग पेशे में बदलता रहता है।

बार में बीयर पीने चलें। क्रॉक इस पर राजी हो गए। बार में बैठने के बाद उन्होंने छात्रों से पूछा, "बताओ मैं किस पेशे से जुड़ा हूं" हर कोई इस सवाल पर हंस पड़ा क्योंकि उन्हें लगा कि वे शायद मजाक़ कर रहे हैं। किसी ने भी जवाब नहीं दिया तो उन्होंने दोबारा वही सवाल किया। इस बार भी छात्र हंस दिए लेकिन उनमें से एक छात्र ने हिम्मत की और बोला, "दुनिया में कौन नहीं जानता कि आप हैम्बर्गर व्यवसाय में हैं।"

इस पर क्रॉक मुस्कुराकर बोले, "मुझे पता था तुम यही जवाब दोगे। लेकिन बहनों और भाइयों, मैं बता दूं कि मैं हैम्बर्गर नहीं बल्कि प्रॉपर्टी व्यवसाय से जुड़ा हूं।" उन्होंने सम्मोहित दर्शक वर्ग को बताया कि बेशक़ मेरा मूल पेशा हैम्बर्गर फ्रैंचाइज़ी बेचने का था लेकिन मैंने हर फ्रैंचाइज़ की जगह पर भी ख़ास ध्यान दिया। दरअसल, वे जानते थे कि प्रापर्टी और उसकी जगह हर फ्रैंचाइज़ी की क़ामयाबी के लिए अहम है। जो भी व्यक्ति क्रॉक के संगठन से फ्रैंचाइज़ अधिकार या फ्रैंचाइज़ के लिए ज़मीन ख़रीदता था उसे उसके बदले में कुछ राशि चुकानी पड़ती थी।

वर्तमान में मैकडोनाल्ड्स दुनिया-भर में सबसे अधिक प्रॉपर्टी के मालिक हैं और उनकी जायदाद रोम स्थिति वैटिकन सिटी के कैथोलिक चर्च की सम्पत्ति से भी कहीं अधिक है।

इस पूरी कहानी का सन्देश साफ़ है : यही कि आप अपने काम से मतलब रखें। वित्तीय नाखुशी अकसर उस स्थिति में पैदा होती है जब आप ताउम्र दूसरों के लिए काम करते हैं। कॉलेज की शिक्षा छात्रों को वे तमाम हुनर सिखाती है जो बाद में उनके पेशे में काम आते हैं। लेकिन ये हुनर तभी उपयोगी साबित होते हैं जब वे नौकरी करते हैं। यहां तक कि डॉक्टरों और आर्किटेक्ट को भी अपने ख़ुद के काम में गम्भीर वित्तीय चुनौतियों का सामना करना पड़ता है, भले ही वे कितना भी पैसा क्यूं नहीं कमाते हों। प्रोफ़ेशन और बिज़नेस में बहुत अन्तर है लेकिन कई लोग इन दोनों में फ़र्क़ को नहीं जान पाते।

क्रॉक अपने व्यवसाय यानी प्रोफ़ेशन और व्यापार अर्थात बिज़नेस के अन्तर को ख़ूब समझते थे। उनका व्यवसाय बेचने से सम्बन्धित था लेकिन उनका व्यापार आय पैदा करनेवाली सम्पत्ति इकट्ठी करने का था।

मिडिल क्लास और अपर मिडिल क्लासवाले वित्तीय मामलों में इस कारण पिछड़ी सोच रखते हैं, यानी वे कोई जोख़िम नहीं उठा सकते, क्योंकि उनकी वित्तीय बुनियाद नहीं होती। वे सुरक्षित रहना चाहते हैं। यदि उनकी नौकरी छूट जाए और उन्हें वित्तीय संकट झेलना पड़े तो उनमें से कई ऐसे भी होते हैं जिन्हें अपनी सबसे बड़ी सम्पदा यानी घर या फ्लैट भी अपनी हैसियत से परे लगता है। प्रॉपर्टी टैक्स जो चुकाने होते हैं। और वह प्रॉपर्टी अगर सिर्फ़ उनके इस्तेमाल में आ रही होती है तो उससे कोई आय भी नहीं होती। उस पर हर साल उनकी कार की क़ीमत घटती जाती है जबकि उसके रखरखाव का ख़र्च बढ़ता ही चला जाता है। नौकरी का सुरक्षा कवच न रहने पर ऐसा कुछ भी नहीं होता जिसका सहारा उन्हें मिल सके। ऐसे में कोई गम्भीर बीमारी उन्हें घेर ले तो उनकी व्यवस्था ही चरमरा जाती है। और अगर उन्होंने अपने घर या कार के लिए क़र्ज़ लिया होता है तो उनकी परेशानियां और भी बढ़ जाती हैं।

अपने काम से मतलब रखें। वित्तीय संघर्ष प्रायः इस बात का परिणाम होता है कि लोग जीवन–भर किसी और के लिए काम करते रहते हैं।

तो फिर ज़मीन-जायदाद किसे कहते हैं? इसकी कई श्रेणियां होती हैं मगर एक बात तय है कि उनसे आय प्राप्त होनी चाहिए।

1. एक ऐसा बिज़नेस जिसमें मालिक की मौजूदगी ज़रूरी नहीं होती। उस पर स्वामित्व किसी का होता है मगर प्रबन्धन दूसरे लोग करते हैं। यदि किसी को वहां काम करना पड़े तो बिज़नेस नहीं बल्कि नौकरी कहलाएगा।
2. स्टॉक और शेयर।
3. म्यूचुअल फंड।

4. आय देनेवाली ज़मीन-जायदाद।

5. बौद्धिक सम्पदा जैसे संगीत, पुस्तकें, पेटेंट आदि से प्राप्त होनेवाली रॉयल्टी।

6. प्रत्येक मूल्यवान वस्तु आय दे सकती है और उसका बाज़ार भी फ़ौरन उपलब्ध होता है (मसलन सोना, हीरा, कलाकृतियां, कारों या ट्रक आदि के बेड़े)।

धन के बारे में सबसे अच्छी बात यह है कि यह चौबीसों घंटे काम करता है और कई पीढ़ियों तक ऐसा कर सकता है। नक़दी प्रवाह बढ़ने पर आप ऐशो-आराम के बहुत-से साधन ख़रीद सकते हैं। क़ामयाब और औसत व्यक्ति में सबसे बड़ा फ़र्क़ यही होता है कि क़ामयाब व्यक्ति ऐशो-आराम के साधन सबसे आख़िर में ख़रीदता है जबकि औसतन व्यक्ति सबसे पहले इन्हें ख़रीद डालता है। इन दिनों लोगों के वेतन बढ़ चुके हैं और उच्च स्तरीय मैनेजर काफ़ी मोटे पे-पैकेट पाते हैं, और आप उन्हें अमीरों की नक़ल करते हुए या उनकी तरह व्यवहार करते भी देख सकते हैं। ऐसी महिलाएं डिजाइनर लेबलवाली चीज़ें और फ्रेंच परफ़्यूम ही ख़रीदती हैं जबकि आदमी लोग अपने शानदार घरों (कम्पनियों द्वारा भारी किराए पर लिए गए) की छतों पर आयोजित पार्टियों में शैम्पेन, स्कॉच और कैवियर लुटाते हैं। विज्ञापन और डॉटकॉम कम्पनियों (जिन्होंने स्मार्ट नौजवानों और युवतियों को नौकरियों पर रखा था) जैसे बिज़नेस में मन्दी की एक आंधी ही एक झटके में हज़ारों नौकरियों को निगल जाती है। एक-दो साल के अन्दर जाने कितने ही रेत के महल बने और ढहे हैं। ये लोग दरअसल, अपने ख़ून-पसीने और आंसू की कमाई से मौजमस्ती के साधन ख़रीद डालते हैं। उधर अमीर लोग अपने ख़ून, पसीने तथा आंसुओं से दौलत कमाते हैं और फिर उसे निवेश कर देते हैं ताकि वह ख़ुद-ब-खुद कमाई करती रहें। फिर कमाए गए ब्याज से ईनाम के तौर पर वह अपने लिए ऐशो-आराम का कोई साधन ख़रीदते हैं। इस तरह वे कुछ भी गंवाते नहीं हैं क्योंकि मूलधन तो सुरक्षित ही पड़ा रहता है और ब्याज कमाता रहता है यहि वास्तविक ऐशो-आराम है।

अपने धन का निवेश करने और व्यापार खड़ा करने के लिए समय निकालने के बाद आप तैयार होते हैं जादुई स्पर्श के लिए – यानी अमीरी के सबसे बड़े पुरस्कार के लिए। अपने काम से मतलब रखने की आपकी आदत के ईनाम के तौर पर आख़िर में आपको और आपके बच्चों को यही मिलता है।

सबक 4

टैक्स तथा कारपोरेट जगत की सत्ता

क्या आपने इंग्लैंड में शेरवुड जंगल के रॉबिनहुड की कहानीं सुनी थी? बॉलीवुड की हमारी बहुत-सी फ़िल्मों का विषय भी यही होता है जिसमें हीरो अमीरों से छीनकर ग़रीबों को देता है। हमने कितनीं बार यह बात सुनी है कि अमीरों को इसके-उसके लिए शुल्क चुकाना चाहिए? या यह कि उन्हें अधिक टैक्स अदा करना चाहिए और ग़रीबों को देना चाहिए?

रॉबिनहुडवाली इस परिकल्पना से ग़रीबों को लाभ की बजाय दुख और नुक़सान ही ज़्यादा उठाने पड़े हैं। वास्तविकता यह है कि वेतनभोगी वर्ग, ख़ासतौर पर अधिक आय वाला वर्ग ही सरकार को मिलनेवाले टैक्स का अधिकांश हिस्सा देता हैं। इस तरह इकट्ठा हुआ धन ग़रीबों की मदद तथा राष्ट्रीय स्तर पर ढांचागत सुविधाएं जुटाने के काम आता हैं। भारत में, सरकार ने अपनी समझबूझ के चलते कई संगठनों को 'राष्ट्रीकृत' कर दिया है और कुछेक का गठन भी किया हैं ताकि रोज़गार कें अवसर जुटाकर ज़्यादा-से-ज़्यादा लोगों को उनमें लगाया जा सके। इसका मतलब यह हुआ कि ज़्यादातर नौकरियां तो ऐसी हैं जिन्हें ज़बर्दस्ती 'पैदा' किया गया। हम सभी इस बात से वाक़िफ़ हैं कि इस व्यवस्था ने क्या गुल खिलाया है। सार्वजनिक क्षेत्र (पी.एस.यू.) के कर्मचारियों की जवाबदेही तो कम होती है मगर उनकी नौकरियां पूरी तरह सुरक्षित होती हैं। (उन्हें तब तक नौकरी से नहीं निकाला जा सकता जब तक कि वे कोई अपराध नहीं करते – और काम न करना किसी अपराध की श्रेणी में नहीं आता)। कुछ समय बाद ऐसे ज़्यादातर पी.एस.यू. बदहाल हो गए और फिर एक-एक कर उन्हें निजी क्षेत्र को बेचा जाने लंगा।

सरकार इस देश में सबसे बड़ी नियोक्ता है। उसका काम आबंटित राशि ख़र्च कर अधिक लोगों को नौकरियों पर रखना है। सरकार खाद्यान्न, पेट्रोल, मिट्टी का तेल और रसोई गैस को भारी सब्सिडी देती है। ऐसा क्यूं किया जाता है? इसका सीधा-सपाट कारण यह है कि सरकार का संचालन समितियों तथा बोर्डों के हाथ में है जो अन्तहीन बैठकें आयोजित करते हैं मगर उनकी जवाबदेही कुछ नहीं होती। उदाहरण के तौर पर भारत के खाद्यान्न उत्पादन को ही लें। हमारे उत्पादन का 43 प्रतिशत उचित भंडारण के अभाव में बार्बाद हो जाता है (यानी कुल उत्पादन का लगभग आधा भाग)। उसे या तो चूहे खा जाते हैं या फिर बरसात और अन्य प्राकृतिक आपदाएं नष्ट कर देती हैं। हम दुनिया-भर में सबसे ज़्यादा बर्बादी करनेवाले और सबसे ग़रीब देशों में से हैं। इसका कारण यही है कि हमने धन प्रबन्धन पर कभी ख़ास ध्यान ही नहीं दिया। इसके बावजूद धन ही है जो सब-कुछ सम्भव बनाता है और हर किसी को यही चाहिए। अमीरों से ईर्ष्या का कारण यह है कि उनके पास दौलत है जब कि ग़रीब तबका रहम का पात्र होता है क्योंकि उनके पास धन होता ही नहीं।

किसी भी व्यवसाय में अच्छा मैनेजन बनने के लिए कर कानूनों की जानकारी होना बेहद महत्वपूर्ण है।

भारत के कुछ सबसे बड़े औद्योगिक घराने इतना कम टैक्स अदा करते हैं कि एकबारगी लगता है वे दीवालिये हैं। वास्तव में, होता यह है कि ये अमीर कारपोरेट घराने कर क़ानून में माहिर, होशियार विशेषज्ञों की सेवाएं लेते हैं, जो इनके लिए कर बचाने के तरीक़े तलाशते हैं। इस तरह बचाया गया धन बोनस और पर्क के तौर पर शेयरधारकों तथा कर्मचारियों को बांट दिया जाता है। सरकार को धन देने की बजाय, जो या तो उसे बर्बाद कर डालेगी या फिर उसका ठीक प्रकार से प्रबन्धन करने में नाकाम रहेगी, अमीर घराने अपने ख़ुद के स्कूल, अस्पताल और अकसर कालोनियां तक बना डालते हैं।

अमीरों के पास दौलत बचाने के लिए दौलत रूपी ताक़त होती है जबकि वेतनभोगी वर्ग के साथ ऐसा नहीं होता। हालांकि सभी को एक

समान सूचना होती है लेकिन बहुत कम लोग होते हैं जो उसका इस्तेमाल करने के लिए समय निकालते हैं या उसमें दिलचस्पी रखते हैं। एक बिज़नेसमैन दस रुपये किलो का आलू ख़रीदने से पहले दस बार सोचता है क्योंकि उसे लगता है कि यह मंहगा सौदा है और वह कहीं और से सस्ते आलू ख़रीद सकता है जबकि वेतनभोगी व्यक्ति ऐसे में मोल-भाव करते हुए झिझकेगा।

हमारा देश आज़ाद और लोकतान्त्रिक है तथा इसमें हर नागरिक की रक्षा के लिए समान क़ानून बनाए गए हैं। अमीर इनका भरपूर इस्तेमाल करते हैं जबकि नौकरीपेशा व्यक्ति इनके बारे में (कर क़ानूनों) अस्पष्ट जानकारी रखता है और उन कटौतियों के बारे में जानने की ज़हमत भी नहीं उठाता, जिनका लाभ उन्हें मिल सकता है। न ही वे अपने ख़र्चों की कर सुरक्षा के मद्देनज़र योजनाएं बनाते हैं। क़ानून की जानकारी न होना मंहगा साबित होता है क्योंकि इसके अभाव में आपको ज़्यादा ख़र्च करना पड़ता है जबकि आपके पास अधिक धन नहीं होता।

बेशक़, कारपोरेट हाउस इस वजह से कर बचाने में क़ामयाब हो पाते हैं क्योंकि वे कर कटौती से पहले ख़र्च (वेतन, अधिक सम्पदा खरीदने तथा अन्य कई ख़र्चे) कर सकते हैं जबकि वेतन प्राप्त वर्ग को आय के स्रोत पर ही कर कटौती करानी पड़ती है। लेकिन यहां भी पैसे बचाने के कई-कई तरीक़े होते हैं।

अमीरों के पैसा बचाने के लिए पैसे की ताक़त होती है जबकि वेतनभोगी वर्ग के पास यह सब नहीं होता।

सबक 5

अमीर दौलत पैदा करते हैं

एक बार मैं अमेरिका में रह रहे अपने बेटे विजय और उसके परिवार से मिलने गया। वहां मैंने एलेक्सेंडर ग्राहम बेल नाम के एक व्यक्ति के इतिहास पर आधारित एक टी.वी. प्रोग्राम देखा । कार्यक्रम की शुरुआत उस वक़्त से

हुई थी जब बेल ने हाल ही में टेलीफ़ोन बनाया था। बेल को नकदी को लेकर थोड़ी परेशानी थी क्योंकि उसके बनाए उपकरण की मांग काफ़ी थी। एक बड़ी कम्पनी की ज़रूरत को महसूस करने पर वे उस समय की बड़ी कम्पनी वेस्टर्न यूनियन के पास गए और उनसे पूछा कि क्या वे उपकरण का पेटेंट और उनकी नन्हीं कम्पनी को ख़रीदने में दिलचस्पी रखते हैं। इस पर वेस्टर्न यूनियन का अध्यक्ष उनपर ऐसे हंसा मानो वे कोई पागल हों। इसके बाद जो हुआ वह इतिहास है क्योंकि तब अरबों डॉलर मूल्यवाले उद्योग का जन्म हुआ और ए टी एंड टी अस्तित्व में आई।

उसी शाम मैंने समाचारों में एक अलग ही तरह की स्टोरी देखी। यह 1980 के दशक के उस दौर की थी जब अमेरिका मन्दी से गुज़र रहा था। एक अन्य लोकल कम्पनी के बारे में भी ख़बर थी जो अपना आकार कम कर रही थी और कर्मचारियों की छटनी में लगी थी। कैमरा 45 साल के ऐसे ही एक बर्खास्त मैनेजर पर फोकस किया गया था जो अपनी पत्नी और दो छोटे बच्चों के साथ बड़ी ही बेचारगी में गार्ड से अनुरोध कर रहा था कि उसे कम्पनी मालिकों से मिलने के लिए अन्दर जाने दिया जाए। उसने हाल ही में कर्ज़ पर मकान ख़रीदा था और उसे डर था कि कहीं वह छिन न जाए। पूरा देश उस आदमी को देख रहा होगा और उस पर रहम खा रहा होगा।

मैंने भी इस घटना पर सोचना शुरू किया। मैं ख़ुद नौकरीपेशा रहा हूं और रिटायर होने के बाद ख़ुद का काम शुरू किया है। यही कारण है कि मैं दोनों स्थितियों से वाक़िफ़ हूं। हम सभी के भीतर एक साहसी, होशियार और जोख़िम लेनेवाला पात्र मौजूद है। दूसरी तरफ़ हम ज़रूरत पड़ने पर घुटने भी टेक सकते हैं। मैंने महसूस किया कि बहुत अधिक डर और ख़ुद पर शंका करने के कारण ही हम गिड़गिड़ाते भी हैं। अकसर इस दुनिया में स्मार्ट लोग नहीं जीतते बल्कि वे जीतते हैं जो साहसी होते हैं।

मेरा निजी अनुभव कहता है कि आपके भीतर की व्यापारिक सम्भावना को तकनीकी/व्यावहारिक ज्ञान के साथ-साथ साहस की भी ज़रूरत होती है। यदि डर का पलड़ा भारी होगा तो आपके भीतर का जीनियस चुप पड़ जाएगा। साहसी बनना, जोख़िम लेना सीखें ताकि आपके अन्दर की प्रतिभा

डर को ताक़त तथा होशियारी में बदल सके। मैंने देखा है कि रुपये-पैसे के मामले में ज़्यादातर लोग सुरक्षित ही रहना चाहते हैं। जब भी मुझसे कोई पूछता है कि "मैं जोख़िम क्यूं लेता हूं और अपना वित्तीय आई. क्यू. बढ़ाने की कोशिश में क्यूं लगा रहता हूं जबकि मैं अच्छे-से-अच्छे विशेषज्ञ की सेवाएं ले सकता हूं?" तब मेरा जवाब होता है "अधिक विकल्पों की ख़ातिर।"

इन दिनों बहुत कुछ बदल रहा है। हम ख़ुद इस बात को महसूस कर सकते हैं कि चीज़ें किस तेज़ी से बदल रही हैं। आनेवाले समय में सैंकड़ों अज़ीम प्रेमजी और बिल गेट्स होंगे तथा गेट्स की माइक्रोसॉफ्ट और प्रेमजी की विप्रो जैसी कितनी ही क़ामयाब कम्पनियां हर साल अस्तित्व में आएंगी। अभी से ऐसा होने लगा है और इसकी रफ़्तार बढ़ती ही जाएगी। और इन सबके साथ-साथ कहीं बड़ी तादाद में दीवालिये, तालाबन्दी तथा छंटनी भी होंगी।

अपने बच्चों को बताएं कि वे अस्थिरता और ज़बर्दस्त विकास के ढेर सारे अवसरोंवाले कितने रोमांचकारी दौर के साक्षी हैं। आजादी से पहले भूमि उपभोग का क़ीमती साधन थी, आज़ादी के बाद यह उद्योग बन गई और आज यह सूचना है। आज जिस व्यक्ति के पास समय पर सूचना है वही अमीर है। सच तो यह है कि कई मायनों में आज सूचना ही दौलत है।

मैंने कई ऐसे लोगों को देखा है जो पुराने विचारों से चिपके रहते हैं, कठोर मेहनत में जुटे रहते हैं, चाहते हैं कि हर चीज़ पहले की तरह ही बनी रहे क्योंकि वे बदलाव से डरते हैं। अन्य किसी भी क्षेत्र की अपेक्षा बिज़नेस में सबसे ज़्यादा यह बात लागू होती है कि पुराने विचार बोझ बन जाते हैं। ये बोझ इस कारण हो जाते हैं क्योंकि लोग यह समझ नहीं पाते कि वह ख़ास तौर-तरीक़ा या विचार बीते हुए कल के लिए बेशक ठीक है लेकिन कल तो गुज़र चुका है।

अपने विकल्पों को सीमित रखना भी पुराने विचारों से चिपके रहने की तरह है। और वित्तीय समझदारी का अर्थ ही है अधिक विकल्पों का होना। अगर आपको अवसर नहीं मिल रहे हैं तो अपनी माली हालत सुधारने के

मेरा निजी अनुभव कहता है कि आपके भीतर की बिज़नेस सम्बन्धी सम्भावना को तकनीकी/व्यावहारिक ज्ञान के साथ-साथ साहस की भी ज़रूरत होती है।

लिए आप और क्या कर सकते हैं? यदि कोई मौक़ा आपको मिलता भी है मगर आपके पास धन नहीं है और बैंक भी आपकी मदद करने से इंकार कर देते हैं तो ऐसे में आप किस तरीक़े से उस अवसर को अपने अनुकूल करेंगे? मान लीजिए आपने अपने मन की आवाज़ पर ही निवेश कर डाला मगर आपका आइडिया फेल हो गया, तब उस सूरत में आप एक नींबू को लाखों में कैसे बदलेंगे? यही वित्तीय बुद्धिमानी हैं। बुद्धिमानी वास्तव में, है क्या? समझदारी + ज्ञान ही बुद्धिमानी है। इस समीकरण का पोस्टर बनाकर अपनी दीवार पर टांग लें ताकि आप हर रोज़ इसे देख सकें।

समझदारी + ज्ञान = बुद्धिमानी

क्या होता है यह ज़्यादा मायने नहीं रखता लेकिन यह बात महत्त्वपूर्ण होती है कि आप एक नींबू को लाखों में कैसे बदल सकते हैं। इसी से पता चलता है कि वित्तीय समस्याएं सुलझाने में आप कितने रचनात्मक हैं।

ज़्यादातर लोगों को एक ही हल मालूम होता है क्योंकि के. जी. से आज तक उन्हें यही बताया गया होता है : कड़ी मेहनत करो, बचत करो और इन दिनों तो यह भी कि उधार ले लो।

आपको ख़ुद को तथा अपने बच्चों को वित्तीय बुद्धिमानी बढ़ाने के उपाय इसलिए सिखाने चाहिए क्योंकि आप चाहते हैं कि आपके बच्चे ऐसे इन्सान बनें जो ख़ुद अपने भाग्य को बना सकें। उन्हें सिखाएं कि जो भी घटता है उसे स्वीकार करें तथा बेहतर बनाने की कोशिश करें। शायद ही कुछ लोग यह जानते हैं कि धन की तरह क़िस्मत भी बनाई जाती है। अगर आप सब ठीक-ठाक होने का इन्तज़ार करेंगे तो यह ऐसा ही है कि आप अपनी कार स्टार्ट करने से पहले ही निजामुद्दीन से फरीदाबाद तक के रास्ते की तमाम लाल-बत्तियों के हरी बत्ती में बदलने की राह देखें।

हमारे पास एकमात्र सबसे ताक़तवर सम्पदा हमारा दिमाग़ है। यदि इसे ठीक प्रशिक्षण मिला है तो यह चुटकी बजाते ही दौलत कमा सकता है। (यह सचमुच हो सकता है। असली रईस लोग हर रोज़ हर घंटे में लाखों कमाते हैं, यहां तक कि छुट्टीवाले दिन भी)। यह दौलत कुछ सौ साल पहले के राजाओं-रानियों की सोच से भी परे थी। इसी तरह यह भी सच है कि अप्रशिक्षित दिमाग़ ग़रीबी पैदा करता है जो पीढ़ी-दर-पीढ़ी बनी रहती है क्योंकि वह इसकी शिक्षा देता है।

इस सूचना प्रधान युग में धन ज्यामीतिय गणित से बढ़ रहा है। कुछ लोग सिर्फ़ विचारों और क़रारों के सहारे बेहिसाब अमीर बन रहे हैं। स्टॉक एक्सचेंज में जाने पर आपको समझ आएगा कि मैं क्या कह रहा हूं। हाथ के एक इशारे, कम्प्यूटर स्क्रीन पर एक ब्लिप के ज़रिए ही लाखों-करोड़ों का कारोबार हो जाता है – बग़ैर एक भी रुपये का आदान-प्रदान हुए। लोग केवल करार के सहारे रुपये की ख़रीद-फ़रोख़्त कर डालते हैं। हम ऐसे दौर में जी रहे हैं और यह व्यवस्था तेज़ी से बदलती जाएगी। प्लास्टिक मनी पहले ही नकदी का स्थान ले चुकी है और जल्द ही वर्चुअल मनी (आभासी धन) का बोलबाला होगा।

मैं यहां जो बात कहना चाह रहा हूं वह यह कि निवेश आएगा और जाएगा, बाज़ार उठेंगे और गिरेंगे, अर्थव्यवस्था में सुधार भी होगा और वह मन्दी के दौर से भी गुज़रेगी। यह दुनिया आपको जीवन-भर हर रोज़ ऐसे ही अवसर थमाती रहेगी। हम इन्हें देख नहीं पाते। सच पूछें तो हवा में भी धन तैर रहा है। और जितनी ज़्यादा यह दुनिया बदलेगी प्रौद्योगिकी में भी उतना ही अधिक बदलाव होगा, और तब उतने ही ज़्यादा अवसर आपको तथा आपके परिवार को उपलब्ध होंगे ताकि आपका परिवार आनेवाली कई पीढ़ियों तक सुरक्षित होगा।

अगर आप सब–कुछ ठीक–ठाक होने का इन्तज़ार करते हैं तो यह ऐसा ही है जैसे कि कार स्टार्ट करने से पहले ही, निजामुद्दीन से फरीदाबाद जाने के रास्ते की तमाम लाल बत्तियों का हरी हो जाने का इन्तज़ार किया जाए।

नीचे कुछ महत्त्वपूर्ण सबक दिए गए हैं जिन्हें आपको अपने बच्चों को अवश्य सिखाना चाहिए :

1. उन्हें अधिक-से-अधिक सीखने-पढ़ने को प्रेरित करें।
2. उन्हें यह समझाएं कि निर्माण करना उस स्थिति में आसान होता है जबकि बुनियाद मज़बूत हो।
3. उन्हें दिखाएं कि कैसे कोई भी ढेर सारी दौलत कमा सकता है।
4. उन्हें बताएं कि अपने लक्ष्यों को पाने के कई-कई तरीक़े हो सकते हैं।
5. उन्हें समझाएं कि पैसा कमाना कोई रॉकेट विज्ञान नहीं है, वे खुद इस काम को कर सकते हैं।
6. आख़िरकार यह एक खेल ही है। कभी आप जीतेंगे तो कभी आपकी हार भी होगी।
7. जोख़िम हमेशा ही रहेगा, इसलिए उनसे बचने की बजाय उनसे निबटना सीखें।

सबक 6

सीखने के लिए काम करें न कि पैसे के लिए

यह दुनिया स्मार्ट, पढ़े-लिखे और प्रतिभाशाली लोगों से भरी पड़ी है। भारत में ऐसे युवाओं की कोई कमी नहीं है। हमें हर रोज़ ही ऐसे लोग मिलते हैं क्योंकि ये हमारे आसपास हैं। मैं आपको उस दिन की बात बताता हूं जब मेरी कार में कुछ ख़राबी आ गई थी। मेरे ड्राइवर ने खान मार्केट में एक मैकेनिक को इसे दिखाने के लिए रोका। मैकेनिक ने कार का इंजन स्टार्ट किया और अपना कान बोनट पर लगाकर आवाज़ सुनने लगा और तुरन्त समझ गया कि क्या गड़बड़ है। उसने दो मिनट में ख़राबी दूर कर दी और इस काम के केवल 50 रुपये लिए। सचमुच कितनी प्रतिभा है जो इस तरह बर्बाद हो रही है!

क़रीब एक साल पहले एक स्मार्ट युवा महिला मेरा इंटरव्यू लेने मेरे दफ़्तर आई थी। मैंने उसके लिखे कुछेक लेख भी अख़बार में पढ़े थे। वह एक अच्छी पत्रकार और लेखिका थी। वह समय पर आई और इंटरव्यू भी ठीक-ठाक पूरा हो गया। मैंने उससे कॉफ़ी पीने की पेशकश की और अनौपचारिक बातचीत में लग गया। उसने मेरी तरफ़ देखा और दुखी स्वर में बोली, "एक दिन मैं भी आपकी तरह बेस्टसेलिंग लेखक बनना चाहूंगी ।" मुझे उसकी यह बात अच्छी लगी। फिर मैंने उससे पूछा कि इस ख़्वाब को तुम क्यूं पूरा नहीं कर पा रही हो? तुम तो एक अच्छी लेखिका हो और तुम्हारा स्टाइल भी है।

उसने बताया कि वह अब तक दो उपन्यास लिख चुकी है और उनकी काफ़ी तारीफ़ भी हुई है लेकिन इससे आगे कुछ नहीं हुआ। यही कारण है कि वह अपने ख़र्चों के लिए नौकरी करती है। फिर उसने मुझसे जानना चाहा कि क्या मैं उसे कुछ सुझाव देना चाहूंगा।

मैंने उसे सेल्स का कोर्स करने की सलाह दी। वह इस सुझाव पर हैरान रह गई और उसे कुछ ठेस भी लगी। उसने निराशा-भरे स्वर में जवाब दिया, "मैं तो अंग्रेज़ी साहित्य में एम. ए. हूं। आप चाहते हैं कि मैं सेल्स में कोर्स करूं जबकि मैं सेल्स के लोगों से नफ़रत करती हूं क्योंकि वे घूम-फिरकर रुपये-पैसे में ही उलझे रहते हैं।"

वहीं मेज पर मेरी एक किताब थी जिसके कवर पर मोटे अक्षरों में लिखा था बेस्टसेलिंग ओथर। मैंने उस तरफ़ इशारा करते हुए उससे कहा, "किताबों में हमेशा बेस्टसेलिंग लेखक ही लिखा जाता है, सर्वश्रेष्ठ लेखनवाला लेखक उसे कभी नहीं कहा जाता। मैं एक ज़बर्दस्त लेखक हूं। तुम एक महान लेखिका हो। तुम्हारे पास मास्टर डिग्री है जबकि मेरे पास एम.बी.ए. (सेल्स में विशेषज्ञता के साथ) है। इन दोनों को अगर मिला दें तो बेस्टसेलिंग और बेस्ट लेखक का दर्ज़ा पाया जा सकता है।" लेकिन अब तक वह काफ़ी बिगड़ चुकी थी। "मैं कभी इतनी नीचे नहीं गिर सकती कि अब बिक्री के गुर सीखूं। आप जैसे लोगों का बिज़नेस लेखन कुछ नहीं होता। मैं बतौर प्रोफ़ेशनल प्रशिक्षित लेखिका हूं जबकि आप एक सेल्समैन हैं। यह सरासर अनुचित है ।"

बहरहाल, मैंने बिना बारी के बोलने के लिए माफ़ी मांगी और वह भारी मन से विदा हो गई। अगले महीने उसकी मैगज़ीन में मेरा काफ़ी शानदार इंटरव्यू प्रकाशित हुआ।

मैं बराबर इस बात पर हैरान होता हूं कि प्रतिभावान और कौशल के धनी लोग कितना मामूली कमाते हैं। लेखक, डॉक्टर, इंजीनियर और ऐसे ही अन्य प्रोफ़ेशन के लोग उम्र-भर वित्तीय संघर्ष झेलते हैं। ऐसा इसलिए होता है क्योंकि वे बेइन्तहा दौलत से बस एक योग्यता भर की दूरी पर होते हैं। मैं पहले ही बता चुका हूं कि वित्तीय बुद्धिमानी दरअसल, एकाउंटिंग, इंवेस्टिंग, मार्केटिंग और लॉ की मिली-जुली जानकारी से ही आती है। इस बात का सबसे बड़ा उदाहरण है वह युवा प्रतिभावान महिला पत्रकार।

अगर वह सेल्स और मार्केटिंग के गुर भी सीख ले तो उसकी आय में ज़बर्दस्त उछाल आएगा। इस बात को ज़रा इस रूप में देखें कि आप भले ही कितने महान कलाकार या लेखक हैं लेकिन यदि आप अपने काम को बेचने में नाकाम रहते हैं तो आप गुमनाम ही रहेंगे। ऐसे कई महान कलाकार हुए हैं जो अज्ञात बने रहे क्योंकि उनके पास ख़ुद को 'मार्केट' करने का हुनर नहीं था। और ऐसे भी कई महान कलाकार (तथा लेखक, आविष्कारक, उत्पाद या विभिनन क्षेत्रों से जुड़े लोग) हैं जो अमीर और प्रसिद्ध हो गए क्योंकि उनके पास बेहतरीन जन-सम्पर्क, सेल्स और मार्केटिंग की कला है।

जब अमेरिकी लेखक रॉबर्ट टी. कियोसकी ने अपनी पहली किताब लिखी और उसका शीर्षक रखा : "इफ यू वांट टू बी रिच एंड हैप्पी, डोंट गो टू स्कूल?" इस पर उनके प्रकाशक ने सुझाव दिया कि उन्हें अपनी किताब का शीर्षक बदलकर "द इकोनॉमिक्स ऑफ़ एजुकेशन" रखना चाहिए। तब कियोसकी ने जवाब दिया कि इस नाम से तो ले-देकर दो किताबें ही बेची जा सकेंगी। एक अपने परिवार को और दूसरी अपने प्रिय मित्र को मगर वे भी इन्हें मुफ़्त में पाना चाहेंगे। कियोसकी शिक्षा के ख़िलाफ़ नहीं थे मगर उन्होंने अमेरिकी शिक्षा व्यवस्था को अधिक उपयोगी बनाने के उद्देश्य से उसमें बदलाव लाने के लिए कानूनी लड़ाई छेड़ी थी। वे अपनी पुस्तक के शीर्षक से विवाद पैदा कर जनता का ध्यान इस तरफ़ खींचना चाहते थे।

बहरहाल, पुस्तक का शीर्षक यही रहा और किताब भी ख़ूब बिकी। इससे लेखक और प्रकाशक दोनों ही अमीर हो गए।

प्रसिद्ध पेंटर विन्सेंट वैन गो महान कलाकार मगर लापरवाह सेल्समैन का शायद सर्वश्रेष्ठ उदाहरण है। मैं जानता हूं कि यह लिखने पर बहुत से लोग मुझसे ख़फ़ा हो सकते हैं मगर सच यही है। वैन गो की पेंटिंग्स आज लाखों डॉलर की हैं और कला प्रेमी उनकी पूजा करते हैं। लेकिन ख़ुद वैन गो जब तक जीवित रहे तब तक इतनी ग़रीबी में जिए कि उनका भाई उन्हें ख़ाने-पीने और पेंटिंग की सामग्री भेजा करता था। उनके जीते जी एक भी पेंटिंग नहीं बिक सकी और वे कंगाली में ही इस दुनिया से कूच कर गए। उनकी मृत्यु के बाद उनका भाई और भाई का परिवार काफ़ी अमीर हो गया। वैन गो ख़ुद इतने ग़रीब रहे कि शादी तक नहीं कर पाए।

इसे दुर्भाग्य ही कहा जाएगा कि भारत में हम ग़रीबी को भी गुण ही क़रार देते हैं - नतीज़तन भारत में आज करोड़ों ग़रीब हैं जो गुणी तो हैं मगर भोजन, मकान और दवाई जैसी बुनियादी चीज़ों के अभाव में दम तोड़ देते हैं। मुझे नहीं मालूम कि यह दर्शन कैसे पनपा। हमारे पास प्राचीन-काल से ही 'अर्थशास्त्र' के रूप में पूरा एक सिद्धान्त है जो अर्थ यानी धन कमाना सिखाता है। हर कोई धन की देवी लक्ष्मी की पूजा करता है।

भारत में एक और समस्या यह है कि आर्थिक स्थिति सुधारने के लिए सभी लोग सरकार से कुछ करने की अपेक्षा रखते हैं। सरकार का काम शासन और प्रशासन संभालना है न कि नौकरियों और धन को पैदा करना। यह तो आपके और मेरे जैसे रचनात्मक लोग ही कर सकते हैं। आपको अपने बच्चों के दिमाग़ में यह बात डालनी चाहिए ताकि अगली पीढ़ी दूसरों से वह करने की अपेक्षा न करे, ख़ासतौर पर सरकार से तो कतई नहीं जो उसे ख़ुद करना चाहिए। कम्यूनिस्ट देशों ने अपने समय में ग़लतियां सुधारने के ज़ोरदार प्रयास किए थे और उद्योगों को संस्थागत किया। कुछ हद तक यह ठीक भी रहा मगर मूलभूत सिद्धान्त ग़लत था और यह सोवियत संघ तथा चीन में हुए घटनाक्रम से स्पष्ट भी हो जाता है। चीनी उद्यमी अब मुक्त उद्योग व्यवस्था में पूजीपति देशों को भी पीछे छोड़ रहे हैं और दुनिया-भर के बाज़ारों में उनके उत्पाद छाने लगे हैं।

सिर्फ़ अच्छा उत्पाद तैयार करना ही काफ़ी नहीं होता, और किसी काम के लिए सिर्फ़ प्रतिभा या विशेष कौशल भी सब-कुछ नहीं है, आपको अपने उत्पाद । प्रतिभा का प्रबन्धन करना और मार्केटिंग करना भी आना चाहिए।

सफलता के लिए ज़रूरी प्रबन्धन कौशल इस प्रकार हैं :

1. नक़द प्रवाह का प्रबन्धन।
2. अपना, अपने परिवार का तथा तमाम प्रणालियों का प्रबन्धन ।
3. लोगों का प्रबन्धन अथवा जन सम्पर्क ।

सेल्स और मार्केटिंग सबसे अधिक महत्त्वपूर्ण तथा विशेषज्ञता युक्त कौशल हैं। बेचने की योग्यता भी ठीक वैसी ही है जैसी कि संवाद-सम्पर्क क़ायम करना । इसलिए उचित व्यक्ति से, उचित तरीक़े से और उचित समय पर संवाद करना – भले ही वह ग्राहक है, उपभोक्ता, कर्मचारी, बॉस, पत्नी या बच्चा – निजी क़ामयाबी की बुनियाद होता है।

बहुत से लोग सेल्स तथा मार्केटिंग से कतराते हैं क्योंकि इसमें जनता से संवाद करना होता है। वे अस्वीकारे जाने या हंसी उड़ाए जाने से डरते हैं। लेकिन इस मुठभेड़ से बचने की बजाय हमें इस डर से निबटना और लिखित तथा मौखिक संवाद के मामले में अपने कौशल को बढ़ाना सिखना होगा। हमें अच्छा विद्यार्थी बनना सीखना होगा क्योंकि स्कूल-कॉलेज की पढ़ाई के साथ ही सीखने की प्रक्रिया भी रुकनी नहीं चाहिए – यह तो जीवन-भर चलनेवाली प्रक्रिया है। हम सीखने के मामले में जितने बेहतर बनेंगे हमारा जीवन भी उतना ही बेहतर होगा। सीखने के मामले में अच्छे होने के साथ-साथ हमें अच्छा विक्रेता और मार्केटियर भी बनना होगा, हमें यह भी सीखना होगा कि ग्रहण की गई अपनी शिक्षा को आगे अपने बच्चों को, उनके बच्चों को और अपने आस-पास के उन लोगों को किस प्रकार सौंपें जो इसे पाना चाहते हैं। असली मायने में अमीर बनने के लिए हमें देना और लेना दोनों ही सीखना होगा। दुनिया के सबसे रईस इन्सान ही सबसे अधिक दानी भी हैं। आप जितना ज़्यादा कमाते हैं उतना ही ज़्यादा दे भी सकते हैं और आश्चर्य की बात तो यह है कि उतना ही अधिक पैसा आप अर्जित भी

करते हैं यह एक चक्र है। आप पाते हैं, देते हैं और फिर और अधिक पाते हैं! देना ही दरअसल, प्राप्त करने का नुस्ख़ा है।

आपको बच्चों को दौलतमन्द होने पर प्रतिष्ठित तौर-तरीक़े से रहने के साथ-साथ यह भी सिखाना होगा कि उस दौलत को बढ़ाना कैसे है। जैसा कि मैं पहले कह भी चुका हूं तथा इससे ज़्यादा इस बारे में नहीं कह सकता कि शिक्षा ही प्रगति की बुनियाद है, बशर्ते वह शिक्षा उचित प्रकार की हो। अपने बच्चों को बहुत-सी चीज़ों के बारें में थोड़ा-बहुत जानने के लिए प्रेरित करें ताकि उनका आधार विस्तृत बन सके। उन्हें प्रोत्साहित करें कि वे उन लोगों के साथ रहें जो उनसे ज़्यादा होशियार हों और इस तरह होशियार लोगों की टीम बनाएं। आप जान ही गए होंगे कि मेरा इशारा किस तरफ़ है : अन्धों की दुनिया में काना राजा यानी अन्धों के देश में एक आंखवाला राजा होता है।

सही व्यक्ति से सही तरीक़े से सही समय पर संवाद रखना—भले ही वह उपभोक्ता है ग्राहक, कर्मचारी, बॉस, पत्नी या बच्ची-यही निजी कामयाबी की बुनियाद है।

तमाम महान व्यक्तियों का जीवन हमसे यही कहता है कि हम भी अपने जीवन को ऊंचे धरातल पर ले जा सकते हैं। और लौटने पर वक्त की रेत पर अपने पैरों के निशां छोड़ जाएं।

8. मैनेजमेंट का महामन्त्र : सोचें, पूछें और करें

आइसक्रीम पर जब टांकने हों बटन

यह किताब इस बात को सिखाने के लिए लिखी गई है कि किसी व्यावसायिक परिवार को सम्बन्धों की साज-संभाल किस प्रकार करनी चाहिए ताकि बिज़नेस और परिवार दोनों ही फलें-फूलें तथा यह रवायत पीढ़ी-दर-पीढ़ी बनी रहे। इसके लिए आपको परिवार के लिए कुछ मार्गदर्शक सिद्धान्त तय करने होंगे और परिवार की ऐसी संस्कृति विकसित करनी होगी जिसे आगे ज़ारी रखा जा सके। यह ज़ारी तब रहेगी जबकि वह सफल होगी और विकासमान परिवार के लोग उस संस्कृति को बरक़रार रखना चाहेंगे जिसकी बदौलत उन्हें तमाम ख़ुशियां और सम्पन्नता मिली। मैंने आपके साथ कुछ कहानियां बांटी और कुछ निजी अनुभव भी शेयर किए तथा साथ ही वे सबक भी बयान किए जो मैंने दूसरों के जीवन से सीखे थे। अब यह आप पर है कि आप इन सबको अपने जीवन में उतारकर अपने परिवार और बिज़नेस को ख़ुशहाल बनाएं।

इस किताब में जो कुछ बताया गया है उसका बहुत थोड़ा-सा अंश ही आपके लिए नया होगा। ज्ञान आपके भीतर पहले से ही है, शायद उसे टटोला नहीं गया हो या उसके बारे में कुछ कहा न गया हो मगर इतना ज़रूर है कि वह आपके भीतर मौजूद है। मैंने इन सारी अनकही, अवचेतन की

बातों को यहां एक निश्चित रूपाकार देने की कोशिश भर की है। यही तो पुस्तकों की ख़ूबी होती है एक अच्छी पुस्तक किसी व्यक्ति की ज़िन्दगी को पूरी तरह बदल सकती है। यह गुफ़ा में दीया जलाकर वहां मौजूद ख़ज़ाने को देखने जैसा है। ख़ज़ाना वहां हमेशा से था लेकिन उसे ढूंढ़ने के लिए दीये की ज़रूरत थी। अब आप चाहें तो देखने के बाद भूल भी सकते हैं। देखकर भी अनदेखा कर सकते हैं। यह भी कि देखने के बाद शिकायत करें कि ख़जाने को निकालने के लिए आपके पास खुदाई का वक़्त ही नहीं है। जब तक कोई भी ख़ज़ाना (ज्ञान, कौशल, प्रतिभा) बिना इस्तेमाल और बिना बिके हुए रहता है तब तक वह उन चमकीली, उजली वस्तुओं का संगह भर है जिनके दम पर सभ्यताएं विकसित हुईं, उन्नत हुईं और एक दिन काल के गर्त में समा गईं। समझदार प्रौढ़ होने के नाते हमें सोच-विचार करना चाहिए, पूछताछ करनी चाहिए और तब कुछ करना चाहिए। मैं आपको विस्तार से बताऊंगा कि ऐसा करना क्यूं ज़रूरी है।

इन्सानी दिमाग़ हमारा सबसे क़ीमती ख़ज़ाना है। कोई भी इसे हमसे नहीं छीन सकता। यहां तक कि हमारे युद्धबन्दी बनने की स्थिति में भी हमारा शरीर तो क़ैद में डाला जा सकता है मगर तब भी दिमाग़ आज़ाद ही रहता है। सोचने-विचारने की इन्सानी दिमाग़ की क्षमता ने ही विश्व के आश्चर्यों के साथ-साथ इसके भयानक दुःस्वप्नों को भी जन्म दिया।

सोच-विचार की प्रक्रिया रचनात्मक या विध्वंसक हो सकती है। सकारात्मक सोच आपको कहां से कहां ले जा सकती है। जबकि नकारात्मक विचार बेड़ियों में जकड़कर रखता हैं। इसके अलावा एक स्थिति और है – सोचने- विचारने का अभाव। हममें से कई हैं जो बिना विचारे कुछ भी कहते हैं या करते हैं। बाद में हम पछताते भी हैं।

विचार दरअसल, मस्तिष्क का उत्पाद है जबकि सीखना, अनुभव और कल्पनाशीलता इसके लिए कच्ची सामग्री की तरह हैं। हमने जिस बात की कल्पना नहीं कि, जिसका अनुभव नहीं किया या जिस बात को सीखा नहीं उसके बारे में हम विचार भी नहीं कर सकते। यानी यदि हमारा सीखना, अनुभव या कल्पना दोषपूर्ण होगी तो विचार भी दोषयुक्त होंगे। प्यार-रहित

माहौल में पला-बढ़ा बच्चा जिसने शोषण झेला हो और बुरी बातें हीं सीखी हों, वह हमेशा यही सोचेगा कि शायद ऐसा ही होता है। वह बड़ा होकर रूखा, कठोर और आपराधिक प्रवृत्ति का भी हो सकता है। लेकिन इसके उलट जिस बच्चे को अच्छा व्यवहार सिखाया जाता है, जिसे स्वस्थ सूचनाएं और जानकारियां दी जाती हैं, प्यार किया जाता है और जिसे प्रोत्साहित किया जाता है वह बड़ा होकर एक सन्तुलित इन्सान बनता है। हालांकि यह सौ फीसदी सच हो ऐसा ज़रूरी नहीं है लेकिन आमतौर पर यही जीवन का दस्तूर है और यहां भी अपवाद तो हैं ही।

विचार मस्तिष्क का उत्पाद है और सीखना, अनुभव करना तथा कल्पना उसके लिए कच्चे माल की तरह हैं। जिसकी कल्पना हमनें नहीं की, जिसका अनुभव नहीं किया या जो कुछ हमने सीखा नहीं उसके बारे में भी सोच–विचार नहीं कर सकते।

कुछ भी कहने या करने से पहले उस पर विचार करने से हमें उस बारे में तर्कपूर्ण और सन्तुलित तरीक़े से सोचने-विचारने का मौक़ा मिल जाता है। किसी भी बात पर आपकी प्रतिक्रिया के सफल होने की सम्भावना उस स्थिति में बढ़ जाती है जबकि वह सोच-विचारकर की गई हो। लेकिन कभी-कभार ऐसा भी होता है कि अच्छी तरह से सोच-विचारकर किया गया काम भी बिगड़ जाता है। और ऐसा इसलिए होता है क्योंकि हमारे पास उस जानकारी या ज्ञान का अभाव होता है जिसके बग़ैर अच्छी-से-अच्छी योजना भी बिखर सकती है। यही वजह है कि हमें महामन्त्र के दूसरे नुस्ख़ों को भी जाना चाहिए।

पूछें

आपने कभी इस बात का नोटिस लिया है कि बच्चे बराबर सवाल करते रहते हैं। क्यों, कब, कैसे, कहां और फिर क्यों, कैसे, क्यों और फिर से क्यों, कैसे वगैरह । बच्चे दरअसल, सीखने के फन में माहिर होते हैं। वे सैंकड़ों सवाल करते हैं क्योंकि उन्हें सीखने की ज़रूरत होती है। सीखने पर ही यह सम्भव

होता है कि उनकी उस रोचक दुनिया के बारे में अनन्त ज़िज्ञासाएं शान्त होती हैं जिसमें वे ख़ुद को पाते हैं। ऐसा क्यों होता है, यह कैसे काम करता है, इसका या उसका क्या अर्थ है, वगैरह । कभी-कभी बड़े उनके सवालों की झड़ी से परेशान हो जाते हैं (क्योंकि वे अपने कामों में व्यस्त जो होते हैं) और उन्हें थोड़ा-बहुत बताते हैं, या जल्दी-जल्दी संक्षिप्त में कुछ समझा देते हैं या फिर उन्हें चुप करने और बाहर जाकर खेलने को कहते हैं। लेकिन बच्चे तो उस वक़्त भी सीखते हैं जब वे खेल रहे होते हैं (शुक्र है ईश्वर का!) और सच तो यह है कि जितनी देर तक वे जागते हैं उस दौरान सीखने की उनकी प्रक्रिया ज़ारी रहती है।

पूछना सीखने की प्रक्रिया का सबसे सरल तरीक़ा है। पूछने के तहत उन लोगों से सवाल किया जाता है जो अधिक जानकारी रखते हैं, किताबें पढ़कर, यात्रा आदि के ज़रिए कुछ-न-कुछ सीखते रहते हैं। पूछने में सिर्फ़ उन लोगों से सवाल पूछना ही नहीं होता जो भौतिक रूप से आपके क़रीब होते हैं। मसलन, आप आइंस्टाइन से उनके खोजे सापेक्षता के सिद्धान्त के बारे में सवाल करें तो वह आपको अपनी किताबों के मार्फत या दूसरों द्वारा इस विषय पर लिखी किताबों के ज़रिए जवाब देंगे। पूछने का मतलब है जवाब तलाशना और इस मायने में आप पूरे ब्राह्मंड से सवाल-जवाब कर सकते हैं। हम क़िस्मत के धनी हैं कि आज हम जिस रूप में चाहते हैं उसमें सूचना हमें मिलती है। उदाहरण के लिए अमर चित्र-कथाएं साहित्य के उन विशाल ग्रन्थों का सीधे-सरल ढंग से किया गया चित्रण है जो मूल रूप से कठिन संस्कृत में लिखी गई थीं। ज़्यादातर बच्चे इन्हें पढ़ते हैं और इसलिए उन्हें रामायण, महाभारत तथा पंचतन्त्र की कहानियां मालूम होती हैं मेरे ख़याल से ये बेहद रोचक होती हैं।

जबसे समय की शुरुआत हुई है तबसे ब्राह्मांड में उपलब्ध हर चीज़ हमें किसी-न-किसी रूप में उपलब्ध है। हमें इस जानकारी को प्राप्त करने की जिज्ञासा भर जगानी होती है, यानी हमें बस एक सही सवाल दागना होता है। धरती पर ऐसा कोई भी नहीं है जिसे हर उस बात की जानकारी होती है जिसे जानने की ज़रूरत है। तो भी हम जिस किसी के बारे में जानना चाहते हैं उसे एक हाथ की दूरी पर पाते हैं।

इस बात पर मुझे पंचतन्त्र की एक कहानी याद आ रही है। यह कहानी है लैपविंग और समुद्र की। एक बार एक मादा ने नर लैपविंग से कहा कि उसके अंडे देने का समय नज़दीक आ रहा है इसलिए उन्हें अब समुद्र तट से दूर किसी सुरक्षित जगह की तलाश करनी चाहिए।

पूछना सीखने के सबसे साधारण उपकरणों में से एक है। इसके तहत दूसरों से पूछना, किताबें पढ़ना, यात्राएं करना तथा इस तरह से नई-नई बातें सीखना शामिल है।

नर बड़ा आत्मविश्वासी था और उसने मादा से तट के नज़दीक ही अंडे देने को कहा । लालची समुद्र उनकी ये बातें सुन रहा था और वह तो वैसे भी तट पर आई हर चीज़ को निगलने को तैयार रहता है। लिहाज़ा वह उस दिन का इन्तज़ार करने लगा जब मादा अंडे देगी। अगले दिन अपने अंडों को छोड़कर मादा अपने थके-मांदे पंखों को फैलाने के इरादे से कुछ दूर गई तो समुद्र ने अंडे चुरा लिए।

लौटने पर जब मादा ने देखा कि घोंसले में से अंडे ग़ायब हैं तो वह रोने-चिल्लाने लगी और उसने नर को इतनी ग़लत जगह पर घोंसला बनाने के लिए दोषी भी ठहराया। नर इतना मूर्ख नहीं था कि चुपचाप इस घटना को सहन कर जाता। उसे ताक़तवर समुद्र को सुधारने के लिए किसी मदद की ज़रूरत महसूस हुई। उसने पक्षियों के राजा गरुड़ से मदद मांगी। गरुड़ चूंकि भगवान विष्णु का वाहन भी है इसलिए स्वर्ग में उसे कुछ ख़ास शक्तियां और अधिकार भी प्राप्त थे। गरुड़ ने कुछ देर इस बारे में विचार किया और उसने भगवान विष्णु से ही अपनी प्रजा यानी उसकी ख़ैर-ख़बर रखने का अनुरोध करने का फ़ैसला किया जिसने उससे मदद मांगी थी मगर वह कुछ कर नहीं पाया था। समुद्र देवता विष्णु ने गरजकर समुद्र को लताड़ा और चुराए हुए अंडे लौटाने को कहा। अपने प्रभु के गुस्से को देखकर समुद्र डर गया और उसने चुपचाप निरीह मां को उसके अंडे लौटा दिए।

इस कहानी में पूछने की महिमा को दर्शाया गया है। जैसे नन्हे पक्षी ने अपने राजा से, उसने अपने ईश्वर से पूछने की हिम्मत जुटाई और दोनों की मदद की गुहार का ही नतीज़ा था कि उन्हें जीत हासिल हुई।

लेकिन जैसे-जैसे हम बड़े होने लगते हैं तब दूसरों से सहायता मांगना तो दूर हम जिज्ञासा का भाव ही छोड़ देते हैं क्योंकि हम मानने लगते हैं कि हमें सब-कुछ पता है। अब देखने और जानने को भला क्या बाक़ी रह गया है? इसी तरह आप भी एक क़ामयाब बिज़नेसमैन होने के नाते यह सोच सकते हैं कि 'बहुत हुआ' और आप अधिक जानने के नाम पर ही ख़ुद को थका हुआ पाते हैं। क्या आप एक बात जानते हैं? जब आप अपनी मांसपेशियों को थकाते हैं तो वे अधिक मज़बूत होती हैं और तब शारीरिक क्रिया कम थकाऊ लगती है – सीढ़ियां चढ़ना-उतरना भी कुछ इसी तरह है। इसके उलट यदि आप अपनी मांसपेशियों को कुछ समय सुस्ताने के लिए छोड़ देंगे तो वे बेकार ही हो जाएंगी। यही बात इन्सान के दिमाग़ पर भी लागू होती है। यह जितना ज़्यादा सक्रिय होगा उतना ही कम थकावट उसे होगी और तब यह सहजता से सूचनाएं और जानकारियां ग्रहण करेगा। जो चीज़ें इस्तेमाल में नहीं आतीं उन पर जंग ही चढ़ जाता है और हम सभी इस बात को जानते हैं। यह सब कितना सरल है लेकिन जब हम बड़े हो जाते हैं और ख़ुद को कुछ ज़्यादा ही योग्य समझ बैठते हैं तो जटिलताओं में उलझ जाते हैं जबकि जीवन की बुनियादी सच्चाइयां बेहद सरल हैं।

अनजान होना कोई अपराध नहीं है मगर उसे उचित ठहरना निश्चित रूप से अपराध ही है।

पूछने से कभी भी झिझकें नहीं । हमें लगता है कि अगर हम पूछेंगे तो लोग हमें मूर्ख समझेंगे। किसी बात की जानकारी न होना अपराध नहीं है लेकिन अपनी अज्ञानता पर परदा डालना ज़रूर है। उदाहरण के लिए, हम अपने बच्चों से ही बहुत कुछ सीख सकते हैं लेकिन हम शायद ही ऐसा करने का प्रयास करते हैं। हमारे बच्चे हमसे एक पीढ़ी आगे होते हैं लिहाज़ा उन्हें ऐसी कई बातों की जानकारी होती है जो हमें नहीं पता होतीं क्योंकि वह ज्ञान या सूचना हमें कभी उपलब्ध नहीं थी। और हमारे नाती-पोते तो हमारे बच्चों से भी एक क़दम आगे होंगे – और ऐसा ही होना भी चाहिए! हर रोज़ के हर क्षण में दुनिया का ज्ञान बढ़ रहा है। अवसर भी ज्ञान से ही जुड़े हैं और जैसा कि मैंने पहले बताया था कि इस दौर में वही सबसे आगे रहेगा जिसके पास लेटेस्ट और सर्वश्रेष्ठ सूचना है।

इसलिए पूछें, पूछें और बेझिझक पूछें। बेशक एक अमीर आदमी आपको दस रुपये का नोट नहीं थमाएगा मगर वह लाखों रुपये मोल की जानकारी आपको हंसी-खुशी दे सकता है। लोगों को अपनी कामयाबी के बारे में बात करना अच्छा लगता है, उन्हें दूसरों को यह बताना सुहाता है कि सुधार कैसे करें या बेहतर किस प्रकार बनें। तो फिर इस बात का लाभ क्यूं न उठाया जाए? आप ख़ुद लाभ कमा सकते हैं और पराजित शख़्स को उसके हाल पर छोड़ सकते हैं, बशर्ते वह ख़ुद ऐसा ही चाहता हो। अलबत्ता, सीखना ही अपने-आप में साध्य नहीं है। कुछ सीखने के बाद उसका इस्तेमाल भी ज़रूरी है वरना आपकी परेशानियां दूर नहीं होंगी। आपको अपने ज्ञान या अपने सवालों के जवाबों को व्यावहारिक धरातल पर प्रयोग में लाना होगा। आपकी शिक्षा एक ऐसी सम्पत्ति की तरह है जो ढेरों धन-दौलत आपके लिए जुटा सकती है। यह दौलत बेहतर सम्बन्धों, बेहतर स्वास्थ्य अधिक खुशियों या अधिक धन की शक्ल में भी बदल सकती है। इसके लिए आपको अगला क़दम उठाना होगा।

लोग अपनी सफलता के बारे में बातें करना चाहते हैं, दूसरों को सिखाना, सुधारना या बेहतर बनाना चाहते हैं तो फिर इस स्थिति का फायदा क्यूं न उठाया जाए?

कुछ करें

इस पूरी किताब में आपको जगह-जगह कई आइडिया और नसीहतें सीखने को मिली होंगी। मुझे उम्मीद है कि आप इनकी मदद से साचेंगे तथा जीवन में अपने लक्ष्यों को पाने के लिए और अधिक सवाल करेंगे। इस स्टेज पर पहुंचकर आपको कुछ करके दिखाना होगा और वह अभी करना होगा।

यानी आपको अपने ज्ञान को व्यवहार रूप में इस्तेमाल करना होगा, अपने विचारों तथा सूचनाओं को कर्म में बदलकर दिखाना होगा। यह सबसे कठिन काम है मगर चुनौती भी इसीमें है। हास्यास्पद बात तो यह है कि हमें घेरनेवाली कई समस्याओं को 'जानने' और 'समझने' का दावा तो हममें से

कई करते हैं मगर कुछ कर गुजरने की क़ाबिलीयत किसी ख़ास व्यक्ति में ही होती है।

क्या आप इस बात की कल्पना कर सकते हैं कि यह दुनिया तब कैसी लगेगी जब हर कोई वह करने लगेगा जो उसे करना चाहिए? तो आइये इसे हम 'एक की शक्ति' कहें। मैंने यह जुमला हाल में पर्यावरण सुरक्षा की वकालत करनेवाले एक विज्ञापन में पढ़ा था। यह मुझे सार्थक लगा। यूं भी हर दिन देखें तो तमाम सुधार अभियानों की शुरुआत किसी एक व्यक्ति से ही होती है। आपको या मुझे ही यह पहला क़दम उठाना होता है। दूसरे लोग हमें बता सकते हैं कि कैसे या क्यूं मगर कुछ भी किया तो निजी स्तर पर ही जा सकता है और यह हमारी व्यक्तिगत पसन्द का मामला है।

अर्जुन की तरह हम सभी के भीतर साहस तो होता है मगर इच्छाशक्ति की कमी होती है क्योंकि हम अपने भीतर तथा आस-पास के दबावों और खिंचाव से भ्रमित होते हैं। हमारे सम्बन्ध, हमारी परम्पराएं, हमारी आशंकाएं और कल्पनाएं हमें भ्रमित करती हैं और जब भी फैसले की घड़ी होती है तब हमारे निर्णयों को प्रभावित करती हैं। हम सभी को एक अच्छे दोस्त के रूप में श्रीकृष्ण की या ऐसी अच्छी पुस्तक अथवा सलाहकार की ज़रूरत होती है जो हमें सही मार्ग दिखा सके। लेकिन यहां भी कृष्ण मदद ही कर सकते हैं, वे वह काम नहीं कर सकते जिसे अकेले अर्जुन को करना था।

आइये अब इन तमाम नुस्ख़ों की गांठ बांध लें – एक चेकलिस्ट के रूप में जिसे आप भविष्य में सफलता के लिए दोहरा सकें। इस बारे में इस पुस्तक में पहले भी विस्तार से चर्चा की गई है और समय-समय पर अपनी ज़रूरत के अनुसार इन्हें दोबारा भी देख-पढ़ सकते हैं।

क्या करें

1. अपने लक्ष्य तय करें

अपनी मंज़िल तय किए बग़ैर आप कभी यह नहीं जान पाएंगे कि आपको किस दिशा में बढ़ना है और तब आप भ्रमित होकर रास्ता भटक जाएंगे। प्रसन्नता ही बुनियादी लक्ष्य है। इस अन्तिम लक्ष्य तक पहुंचने के लिए आपको और भी कई कम तथा लम्बी अवधि के लक्ष्य छूने होंगे। स्वास्थ्य और दौलत, परिवार के भीतर अच्छे सम्बन्ध, बच्चों का उचित लालन-पालन आदि कुछ ऐसे लक्ष्य हैं जो आपको हमेशा अपने सामने रखने चाहिए।

2. ख़्वाब देखने की हिम्मत जुटाएं

अपनी योग्यता का इस्तेमाल करते हुए अपनी अगली तीन पीढ़ियों तक के भविष्य की तस्वीर बनाएं (अपने मन की आंखों से इसे देखें)। इससे आपको पता चलेगा कि आपको क्या करना है। इसके बाद भविष्य के लिए योजना तैयार करें और इसे कार्यरूप में लाएं।

3. परिवार ही आपकी पहली प्राथमिकता है

आपका पहला तथा सबसे महत्त्वपूर्ण पार्टनर है आपका जीवनसाथी। उसे अपने सपनों में सक्रिय भागीदार बनाएं। उसके साथ तथा अपने बच्चों और उनके जीवनसाथियों तथा उनके बच्चों के साथ अपने ख़्वाबों को शेयर करें।

4. अपने ख़्वाबों के मामले में साहसी बनें

आपने जो सपना देखा है उसके मामले में भरपूर साहस का भी परिचय दें वरना आप उन तमाम जोख़िमों को कभी नहीं उठा पाएंगे जो किसी भी बिज़नेस के साथ आवश्यक रूप से जुड़े होते हैं। लेकिन आपको अपने सपनों के मामले में हिम्मती होना ही पड़ेगा तथा किसी को भी इनके ख़िलाफ़ सक्रिय मत होने दें।

5. तैयार रहें

सिर्फ़ परिवर्तन ही नहीं बदलता। परिवर्तन तो आएगा ही, भले ही आप उसे पसन्द करें, स्वीकार करें या उसकी अनदेखी करें। सच्चे दृष्टा की पहचान है परिवर्तनों के लिए तैयार रहना। आप तैयार हैं तो भविष्य में यह आपके लिए धन और समय तथा दिल टूटने से बचानेवाला साबित होगा।

6. ज्ञान को महत्त्व दें

जीवन अपने-आप में एक विस्तृत किताब है और आपका सबसे अच्छा शिक्षक है। स्कूल जाना बन्द होने से पढ़ाई ख़त्म नहीं हो जाती। जीवन-भर अच्छा विद्यार्थी बने रहने से दिमाग़ सक्रिय रहता है और काम पर यह आपको आनेवाली कई कठिनाइयों के समाधान बताता है।

7. अपने बच्चों के मस्तिष्क की खिड़कियां खोलें

स्कूली शिक्षा के अलावा अपने बच्चे को मूल्यांकन करना सिखाइए। कला, संगीत, थियेटर, विज्ञान, समाज संस्कृति और जो वे सीखना चाहें, सब उनके लिए खुला हो। इस तरह आपका बच्चा विभिन्न प्रकार का ज्ञान अर्जित करते हुए बड़ा होगा।

8. लोगों पर विश्वास करना सीखें

अपने बल पर बड़े हुए व्यक्ति में दूसरों पर यहां तक कि परिवार के सदस्यों तक पर अविश्वास की भावना होती है। अपने प्रति लोगों को वफ़ादार बनाकर और अपने आस-पास ऐसे वफ़ादारों की ज़मात खड़ी कर आप अपने चारों ओर सुरक्षा चक्र बना सकते हैं। जीवन की कोई गारंटी नहीं होती, इसलिए आप सुनिश्चित करें कि आपका व्यवसाय परिवार के भविष्य के लिए काफ़ी हो, भले ही आपको कुछ भी हो जाए।

9. उत्तराधिकारी को समय दें

अगर आपको लगता है कि आपका बच्चा आपका उत्तराधिकारी होगा तो उसके साथ अभी से समय बिताएं। बाद के लिए यह काम छोड़ा तो बहुत देर हो जाएगी। अपना तजुर्बा और ज्ञान अपने बच्चों को दें। वे इसकी क़द्र करेंगे। अपने उत्तराधिकारी को दिया गया समय जीवन का सबसे अच्छा निवेश है।

10. बच्चे को अच्छी शिक्षा दें

हर कोई अच्छा या स्वाभाविक शिक्षक नहीं होता । इसलिए इस काम को 'अपनी पढ़ाई' का हिस्सा बनाएं क्योंकि आप ही अपने बच्चे के श्रेष्ठ शिक्षक और आदर्श हैं। बच्चा जब युवा हो तो उसे शिक्षा देने का उपयुक्त समय है। वैसे यह महत्त्वपूर्ण काम जब भी शुरू हो तभी अच्छा है।

11. मज़बूत बुनियाद बनाएं

सफलता और उसका मिलते जाना आप और आपके परिवार पर निर्भर है। ख़राब माल से अच्छी इमारत नहीं बनती और कमज़ोर नींव

पर ऊंचे भवन नहीं खड़े होते। यह भैतिक-शास्त्र और जीवन का मूल नियम है। अपने बच्चे को मज़बूत बनाएं, जीवन के कठोर पहलू से उसे अवगत कराएं। उन्हें शरण दें, पर बिगाड़ें नहीं। साझा ख़ुशी, हंसी, आदर और प्रेम परिवार की मज़बूत बुनियाद के रहस्य हैं।

12. महिलाओं का आदर करें

दुनिया की आधी आबादी महिलाओं की होने के बावजूद उनका बहुत अनादर है। महिलाएं और पुरुष दोनों ही उनका अनादर करते हैं। यही समय है कि हम जान-समझ लें कि महिलाओं की दुनिया में अहम भूमिका है और ऐसी भूमिका जिसे पुरुष ठीक से नहीं निभा सकते। आज तो महिलाएं कार्यक्षेत्र में भी योगदान कर रही हैं, इसलिए हमें अपना रवैया ठीक कर लेना चाहिए।

13. ज़िम्मेदार बनें और ज़िम्मेदारी सिखाएं

आपके बच्चों के प्रति आपका प्यार उस लंगर की तरह होना चाहिए जिसकी ज़रूरत उन्हें होती है मगर जब वे उड़ना चाहें तो यही पंख बन जाएं।

सिर्फ़ ज़िम्मेदार लोग ही अच्छा काम कर पाते हैं। हम सबकी अपने और दूसरों के प्रति कुछ मूल ज़िम्मेदारियां हैं। जितना हम ज़िम्मेदार होंगे, उतने ही सफल होंगे, जैसे-जैसे हम बढ़ते हैं, हमारी ज़िम्मेदारियां भी बढ़ती जाती हैं और उपलब्धियां भी।

14. सभ्य जीवन का आधार है अनुशासन

अनुशासन नहीं रहा तो सभ्य जीवन की इमारत चरमरा जाएगी। हम कब, क्या और कैसे करते हैं, उससे पता चलता है कि हमारा जीवन कितना सही है। बचपन में सिखाया गया अनुशासन भूलता नहीं है।

अनुशासन हमारे व्यक्तिगत आचरण और कार्यस्थल दोनों जगह ज़रूरी है। अनुशासनहीनता आगे चलकर बहुत मंहगी साबित होती है।

15. प्रेम का अमूल्य मोल

प्रेम का अर्थ है, ध्यान रखना, मिल बांटना और इससे भी अधिक है आदर, विश्वास, धैर्य और करुणा। प्रेम मानव का सबसे बड़ा गुण है और यह अपराधी को सन्त बना सकता है। बच्चों को प्रेम वह आन्तरिक सुरक्षा देता है जो समय के साथ उन्हें आवश्यक मज़बूती देता है। बच्चों के लिए आपका प्रेम सिर पर छतरी की तरह होना चाहिए जिसके साए में समय के साथ आनेवाले उनकी पत्नियां, बच्चे और पति शामिल होते रहने चाहिए। ज़रूरत के समय आपका प्रेम उनकी भुजा बन जाए और उड़ने के समय उनके पंख।

16. अवसर बनाम जोख़िम

अवसर पहचानना और उनका इस्तेमाल करना सीखें लेकिन याद रहे कि उनके साथ जोख़िम भी आते हैं। कोई अकेला नहीं आता। जोख़िम लेने का अर्थ है उनसे पार पाने की शैक्षिक बुनियाद होना। नपा-तुला जोख़िम हमेशा ले लेना चाहिए। अपने बच्चों को भी यही गुर सिखाएं।

17. वित्तीय ज्ञान का मूल्य

आप धन बनाने के व्यवसाय में हैं और सम्पदा जोड़नी है। अगर धन कमाना है तो वित्तीय साक्षरता को नियमित ज्ञान अर्जन का हिस्सा बनाएं। अधिकतर लोग ख़र्च के लिए कमाते हैं। आपको सीखना होगा कि आपका कमाया हुआ धन आगे कैसे कमाई करे। यह आपके और आपके बच्चे के लिए बेशक़ीमती शिक्षा है।

वित्तीय ज्ञान यह सीखने और समझने से आता है कि धन आपके लिए कैसे काम करे, बजाय इसके कि आप धन के लिए काम करने लग जाएं।

18. सम्पदा जोड़ें, बोझ नहीं

सम्पदा और बोझ का असली अर्थ समझें ताकि जब भी आप एक रुपया ख़र्च करें तो आपको पता होना चाहिए कि यह निवेश है या ख़र्च । सम्पदा वह है जो आप ख़र्च करें उससे आपके लिए कुछ कमाई होती हो । देनदारी वह है जो आपकी जेब से पैसा लेती है और उसमें छेद कर जाती है।

19. टैक्स नियम पढ़ने के फ़ायदे

आप बीसियों वकील और विशेषज्ञ रख लें पर सच यह है कि ग़ैर ज़रूरी टैक्स में पैसा तो आपका ही जाएगा। टैक्स दीजिए पर इतना नहीं, जो आप पर बनता ही नहीं था। इससे बचने का रास्ता यही है कि आपको टैक्स क़ानूनों की कुछ जानकारी हो।

20. रेत से तेल निकालना सीखें

आप किसी भी व्यवसाय में हों, सफल होते ही आप धनवान होंगे। यह धन आपका उत्पाद ही है और आगे के धन के लिए यह नया स्रोत या कच्चा माल साबित हो सकता है। बिना कुछ ख़र्च किए धन कैसे कमाया जाए? आप अपने वित्तीय ज्ञान से उस दुनिया में पहुंच सकते हैं जहां बिना ख़र्च के तकदीर बना करती हैं धन ख़र्च करने से बचने के लिए आपको खेल में माहिर होना होगा।

21. सीखने के लिए काम करें, कमाने के लिए नहीं

कमाने के लिए काम करने की मध्यम वर्गीय मानसिकता के जाल से

निकलकर आप अमीरों की दुनिया में जा सकते हैं जहां लोग सीखने के लिए काम करते हैं, और वे दूसरों से धनोपार्जन कराते हैं। यह वह मानसिक बदलाव है जो हर व्यवसायी को लाना चाहिए ताकि वह सदा के लिए 'नौकरी' के जाल में न फंसा रहे, भले ही यह नौकरी वह ख़ुद ही कर रहा हो।

22. देंगे तो मिलेगा

चाहे प्रेम हो, विश्वास या सिर्फ़ पैसा, जितना दोगे उतना ही मिलेगा। यह कुदरत का नियम है। सभी सच्चे धनवान बहुत उदार होते हैं। और देना सिर्फ़ धन ही नहीं है। आपके बच्चे को आपका ढेर सारा समय, ध्यान और रुचि चाहिए। आपकी पत्नी भी यही चाहती है। आपके कर्मचारी को भी देखभाल चाहिए और वह चाहता है कि आप उसके कैरियर निजी विकास में रुचि लें। यह सब देकर आप दस गुना हासिल कर सकते हैं।

23. मस्तिष्क को उपजाऊ बनाएं

आपका मस्तिष्क आपकी सबसे क़ीमती सम्पत्ति है। मस्तिष्क को उपजाऊ बनाकर आप यह सुनिश्चित कर सकेंगे कि अभी तक हमने जिन बातों पर विचार किया और जिन पर हमने नहीं किया (क्योंकि वे इस किताब की विषय-वस्तु नहीं थीं) वे सब आपके विकास में सहायक हैं। मस्तिष्क का इस्तेमाल करें तभी यह सक्रिय रहता है। मानव मस्तिष्क की क्षमताएं अपार हैं और इसकी सीमा का अभी तक पता नहीं चला। अपने मस्तिष्क को उर्वर रखें।

24. उत्तर खोजने से न डरें

उत्तर तो दर्जनों हो सकते हैं, सही सवाल खोजना मुश्किल होता है। ज़्यादातर लोग सवाल पूछने से डरते हैं क्योंकि या तो उन्हें "अपनी

अज्ञानता ज़ाहिर" होने का ख़ौफ़ होता है, या उन्हें लगता है, कि उन्हें सब-कुछ पता है। प्रश्न भरा मस्तिष्क ही नए मार्ग खोजता है, जिज्ञासु मन छिपे ख़ज़ाने निकालता है और यही ज्ञान के भंडार खोलता है। हम सूचना युग में हैं। इसे अपने फ़ायदे में इस्तेमाल करें। जिसके पास सूचना है, जीतता वहीं है।

25. लम्बी-से-लम्बी यात्रा एक क़दम से शुरू होती है

सब-कुछ कहने के बाद आपकी यात्रा आपके फ़ैसले के इन्तज़ार में है। इस पर बढ़ें या न बढ़ें सवाल यह है। जब तक आप पहला क़दम नहीं बढ़ाएंगे तब तक यह साहसिक सफ़र शुरू नहीं होगा। पहला क़दम रखते ही दूसरा आसान होता जाएगा। सफ़र में आपको आगे बढ़ने की क्षमता और शक्ति मिलेगी और साथ ही मिलेगी आगे बढ़ने की प्रेरणा भी। यात्रा के हर क़दम पर चुनौतियां मिलेंगी और पुरस्कार भी । और हर क़दम के साथ आप प्रसन्नता के चरम लक्ष्य के नज़दीक आते जाएंगे।

•••